JN201667

北緯44度 浩太の夏

ぼくらは戦争を知らなかった

有島希音 作
ゆの絵 絵

岩崎書店

もくじ

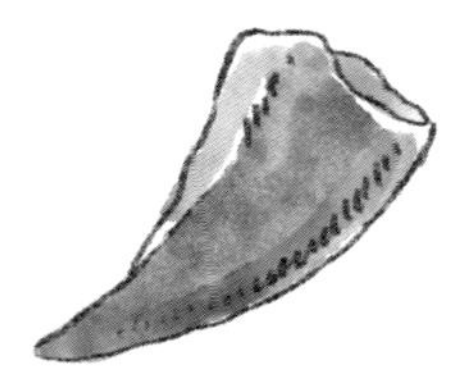

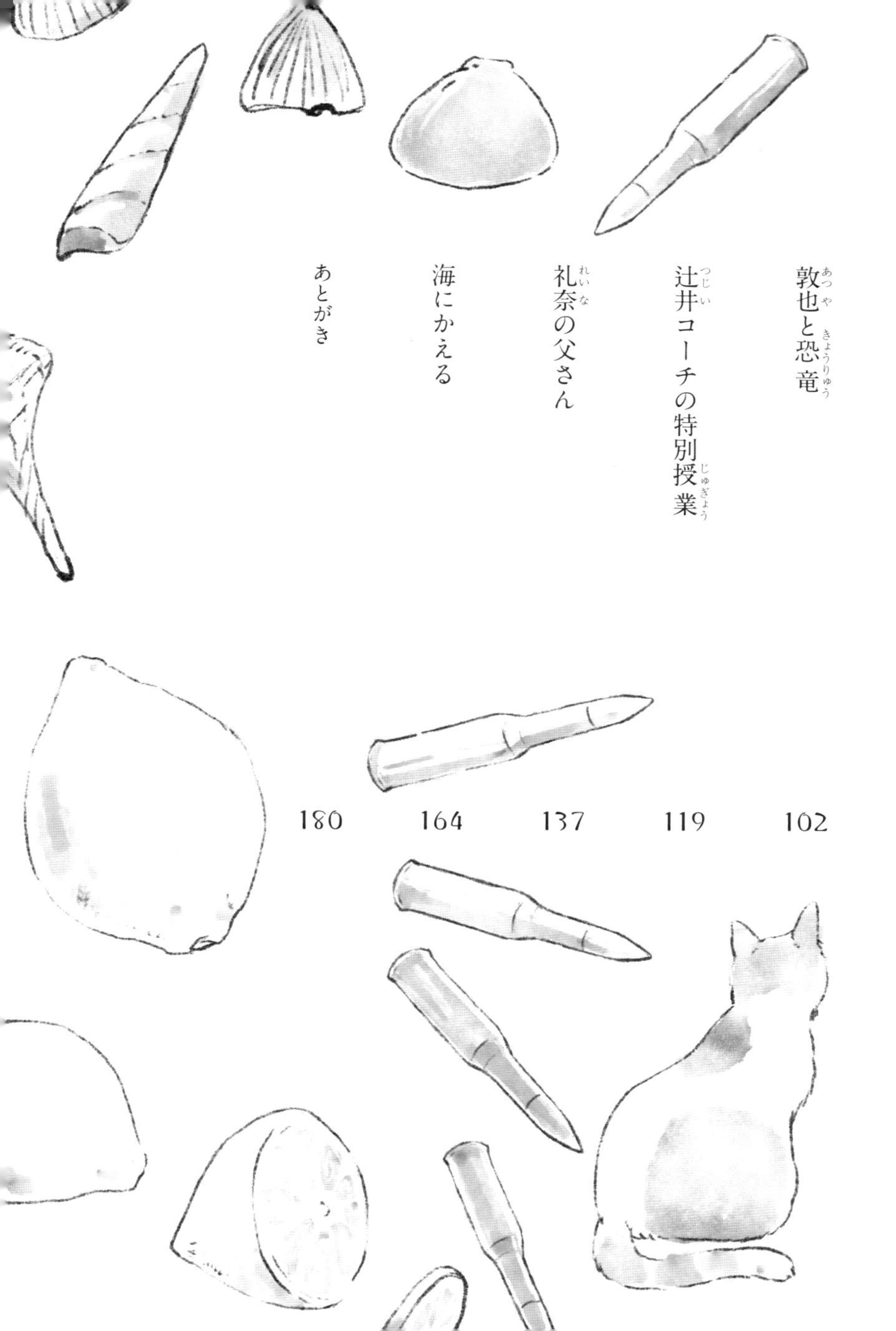

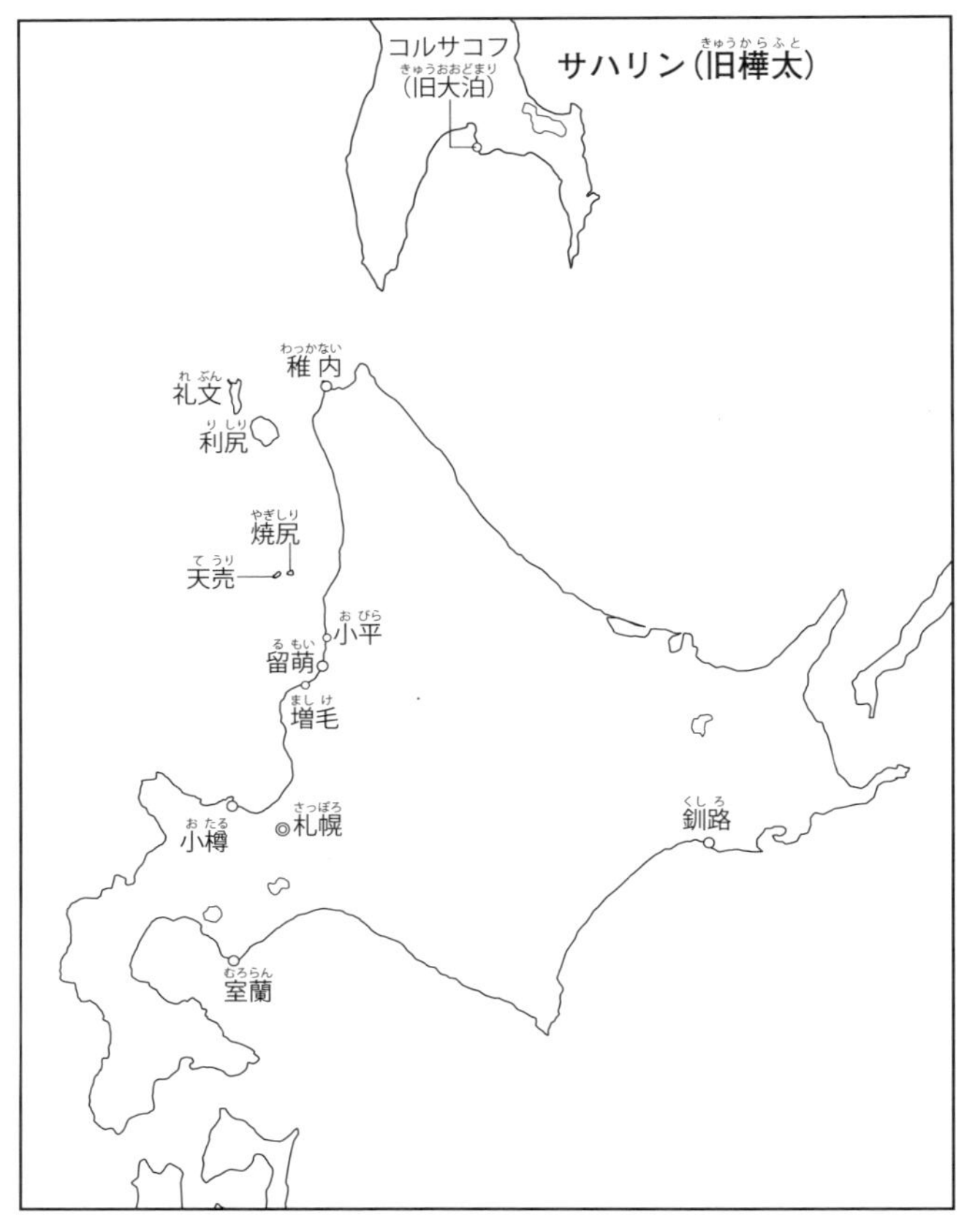

コルサコフ
（旧大泊）
きゅうおおどまり
サハリン（旧樺太）
きゅうからふと
稚内
わっかない
礼文
れぶん
利尻
りしり
焼尻
やぎしり
天売
てうり
小平
おびら
留萌
るもい
増毛
ましけ
小樽
おたる
◎札幌
さっぽろ
釧路
くしろ
室蘭
むろらん

4

ひっぱられる

浩太は、波打ちぎわから貝をひろいあげた。

「わあ、こんなの見たことない……」

貝は、ユニコーンの角みたいに茶色とベージュの渦をきりりと巻きあげる。図鑑の中の、南国の貝のようだ。

「どこから、流れてきたんだろう?」

貝を陽にかざすと、ぬれた肌がきらりと光をはねかえした。

北緯四四度。

北海道の西北、日本海に面する小平町。

浩太は、雪が消えると毎年海にやってくる。

閉ざされていた海が、春を祝うようにたくさんの貝を打ちあげるからだ。

薄いピンクの二枚貝、さまざまな形の巻貝、ちょっと見には砂粒にしか見えないホタテ

貝の赤ちゃん……。浩太は今、貝集めに熱中している。

「いってぇ」

春でも、海風はまだ針をふくんでる。三〇分も海にいると、頬はぴいんと張り耳はちぎ

れそうに痛みだす。浩太は、痛む耳に手をやり腰を伸ばした。

遠く増毛の海に、雪をまとった暑寒別岳が大きくつきだしている。

〈明日は、来れないかも……〉

暑寒別岳がきれいに見える次の日は、天気がくずれるという。

浩太は、ユニコーンの角を袋に入れ砂浜を急いだ。

「だけど、打ちあげられるのは貝がらだけ。中身は、いったいどこへ行くのかな？」

考えながら歩いていると、いつのまにか「しべ川」の河口に来ていた。よく海に来る浩

太も、ここまで来るのははじめてだ。

雪解け水を集めた黒い川が、ごうごうとうなりをあげる。

小平しべ川の語源はアイヌ語の「オ・ピラ・ウシ・ペッ」、河口に崖のある川という意

味だ。その意味通り、しべ川の対岸には丘が迫ってそこから先には進めない。

灰色の丘、にび色の海、とがった風……。

荒涼とした中に、一人ぽつんと取り残されている恐怖がおそってくる。

〈帰らなきゃ〉

あわててもどろうとしていると、とつぜん目の前に一人のおじいさんがあらわれた。

〈あれ？　今までだれもいなかったのに……〉

しべ川からいきなり出てきたように見えるおじいさんは、頭にタオルのはちまきを巻いて網をかついでいる。どうやら、漁師さんみたいだ。

〈まさか、漁をしてた？〉

浩太は、荒れくるう川を横目で見た。

おじいさんはゆっくり近づいてくると、すれちがいざまにこういった。

「ぼうず、あんまり海に来てるとひっぱられっぞ」

しわがれた声が、波のすき間からとぎれとぎれに聞こえてくる。

〈えっ？〉

今まで会ったこともないのに、なぜそんなことをいうんだろうと思った。

「どういう、ことですか?」

ふりむいて聞きたかったが、おじいさんはうつむいたまま波打ちぎわを見つめて歩いていく。とても、話しかけられる雰囲気じゃない。

浩太は、しかたなくおじいさんを見送った。

〈ユニコーンの角を見つけてせっかく楽しい気分だったのに、だいなしじゃないか……〉

と、思ったが、とりあえず人に会ったことで一人ぼっちの恐怖は薄らいでいた。

〈よーしっ、せっかくここまで来たんだからついでに砂浜の終わりを見ておこう〉

浩太は気を取り直して、しべ川のきわまで進んだ。

河口で川はいくすじにも分かれ、運ばれた砂が扇のように広がっていた。

「へえ、これが三角州っていうやつかぁ」

学校で習ったことを実際に目にすると、すごく納得できる。

浩太は、ぬかるむ砂に足を取られないようにきょろきょろと川を見わたした。おじいさんが漁で使った、小舟でもあるのかと思ったのだ。

でも、おびまる広場の丘の上でカモノハシリュウのモニュメントが寒そうに向こうを向いているだけでほかには何もない。カモノハシリュウはしべ川上流のダム湖にあったのを、何年か前に温泉施設「ゆったりかん」前のおびまる広場に運んできた。小平町は、北海道で一番最初に恐竜の化石が見つかった町なんだ。

〈おかしいな……〉

首をかしげながらくびすをかえすと、元来た民家のある海岸がひどく遠くに見える。

〈やば……〉

一人取り残されている恐怖が、またおそってくる。

浩太は、けんめいに砂をこいだ。

でも、冷えきった体はなかなかいうことを聞かない。進むどころか、後ろにさがっている気がする。

しばらく砂と格闘していた浩太は、

〈あれっ？〉

と、思った。

波打ちぎわを歩いていたはずの、おじいさんの姿が見えない。

〈さっき、すれちがったばかりなのに……〉

国道と砂浜を隔てる堤防を見わたすが、そこにもおじいさんの姿はない。

〈変だな?〉

浩太は、砂浜と堤防を何度も見くらべながらようやく元の海岸にたどりついた。

おじいさんにいわれたことが気になっていた浩太は、夕飯の時に聞いてみた。

「海に来てるとひっぱられるって、どうしてそんなこというの?」

父さんと母さんは、顔を見合わせた。

宗太兄ちゃんは、知らん顔でたくあんをばりばりやってる。野球を終えたばかりの兄

ちゃんは、ご飯しか目に入らない。

答えをまったけど、父さんたちは何もいわない。

〈ん?〉

なんか、変な雰囲気だ。

「ごっそーさん」

あっという間に夕食を食べ終えた兄ちゃんが、食後の素振りに庭へ出ていく。

母さんはそそくさと兄ちゃんの食器を片づけはじめ、父さんはテレビのスイッチを入れた。

〈なんだ、これ？〉

浩太は、父さんと母さんの態度にもやもやしながら部屋にひきあげた。

母さんからもらったお菓子の箱に綿をしきつめ、今日ひろってきたばかりの貝を並べる。浩太の貝のコレクションも、もうこれで三箱目だ。

箱の中から、ユニコーンの角を取りだす。

〈よく、こんなの落ちてたなあ〉

てのひらにすっぽりおさまるユニコーンの角は、見れば見るほど完ぺきな形をしていた。

思わぬ収穫に大満足の浩太は、にまにま笑いながら箱を押し入れにしまおうとしてふと手をとめた。

〈あれ？ まてよ。前に母さんが「お盆をすぎたら海に入ってはいけない」っていってたことなかったっけ……？ その時「なんで」って聞いたら、たしか「ひっぱられる」っていったような……〉

かすかな記憶をたぐりよせていると、足元ですりすりしていた猫のチャチャがぴょーんと押し入れに飛びのった。

「あ、まてっ」

チャチャは、茶トラのオスだ。二年前に材木置き場で鳴いているのを、見捨てられずに連れかえった。

「だめよっ」

猫ぎらいの母さんが即答するのを、粘りに粘ってようやく許してもらった。こんなこ、母さんに見つかったら大変だ。「絶対に、押し入れには入れない」というのが、条件だったからだ。

「こらっ、出てこい」

チャチャは伸ばした浩太の手をすりぬけ、ささっと布団の奥に入りこむ。

「ああ、もうっ」

布団を一枚のけ二枚のけ、汗だくになってチャチャをつかまえた頃には、浩太は「ひっぱられる」のことをすっかり忘れていた。

四月、新学期がはじまった。

担任は、四年生と同じ吉沢枝里子先生だ。

枝里子先生は三〇代で、子どもが二人いる。

教室に貼ってある担任の名前を見た時、浩太は「よっしゃあ」と思った。六年生の角バンは「こらぁ！」っていったらおしまいだけど、枝里子先生はおれたちの話をちゃんと聞いてくれる。角バンっていうのは、角田先生のことだ。転勤してきた時、おでこにでっかいバンソウコウを貼ってたから角バン。

「うへぇ」

ななめ前で、周平が配られた時間割をひらひらさせた。

〈ん？〉

と、思って見ると「家庭科」の文字が目に飛びこんできた。

〈家庭科？　どんなことを、するんだろう？〉

と、思っていると、

「わっ」

今度は横で悠人がのけぞった。

週に三回あった体育が、二回に減っている。運動神経だけで元気に生きてる悠人にとって、体育が減るのは大問題だ。

「くそっ」

腹立ちまぎれに、悠人が消しゴムのカスをぶつけてくる。

「この」

浩太がこぶしをふりあげると、前の方で敦也がこっちを見てふふっと笑った。

悠人、周平、敦也は、同じサッカー少年団のメンバーだ。悠人は三年の最初からレギュラーで、敦也は去年レギュラー入りした。敦也は成績もいいし運動神経もいいから、そんなの不公平だと浩太は思う。浩太と周平は、まだ補欠……。

「はあっ」

浩太がでっかいため息をつくと、

「あんたたち、うるさいっ」

前の席の香莉が、耳の横で結んだ髪をびゅいんといわせてふりむいた。

ぷっ

周平が吹いて、前を向く。

香莉はガソリンスタンドの娘で、おれたちは小さい時から勉強も運動もかなわない。香莉は、人の気持ちにはおかまいなし。ぼやぼやしてると、あっという間にふっとばされる。どんなササ原もつきすすむドサンコっていう北海道産の馬にそっくりだから、おれたちは香莉をひそかに「ドンコ」と呼ぶ。香莉の父さん、辻井守さんはおれたちサッカー少年団のコーチだ。

へんっ

浩太は、香莉の後頭部に向かって思いっきりしかめっ面を作った。

始業式の日、学校は午前で終わりだ。

「なんだよぉ、あの時間割い。やる気なくしたぁ」

校門を出てから、周平のぼやきがとまらない。

五年生では、周平の得意な国語、音楽、図工の代わりに苦手な外国語がふえていた。

「まあ、まあ」

敦也が、なだめる。

成績優秀の敦也は、時間割がどうなろうと関係ない。

「明日は、カレーコロッケとポパイサラダかぁ」

悠人はもう体育減のショックから立ち直ったのか、給食の献立表とにらめっこしてる。

「でも、今年も枝里子先生でラッキーだったね」

敦也がいうと、

「ああ」

「角バンと交代だっていう話があったから、ひやひやしたよ」

「だな」

この点では、四人の意見は一致していた。

「そいじゃあ」

信号のある交差点で、四人はそれぞれの道に分かれる。

サッカーのない日は、いつもここでお別れだ。

小平ふしぎ発見

五年生最初の総合学習の時間、枝里子先生がいった。

「去年は、みんなよくがんばったわね」

おれたちは、四年生の総合で「小平ふしぎ発見」をした。小平町でふしぎに思うことを、いくつかのグループに分かれて調べたんだ。

浩太は、悠人、周平と一緒に「しべ川はなぜにごっているか」について調べた。

小平町を流れるしべ川は、いつもにごってる。しべ川の周辺はほとんどが砂岩や泥岩でできているから、川ぶちや川底にもたくさん砂や泥がたまっている。それをけずって流れる川は、いつもにごってしまうってわけだ。

敦也は、もちろん恐竜だ。

しべ川上流ではたくさんのアンモナイトが発掘されて、カモノハシリュウやクビナガリュウの化石も見つかっている。恐竜を調べている時の敦也は、目がびっかびかに光って

19

た。

　おかげで四年の終わりには、おれたちは小平町にくわしくなって小平町のことがちょっぴり好きになっていた。

　枝里子先生が、去年みんなが取り組んだテーマを次々に黒板に書いていく。

「五年生ではこの中のどれか一つにしぼって、もっとくわしく調べて壁新聞にまとめてみましょう」

　枝里子先生がいうと、

「えーっ」

　みんなはいっせいに声をあげた。

　調べて発表するだけならいいが、文章にまとめるのはなかなか大変だ。

　枝里子先生は、かまわず続けた。

「この中で、もう少し知りたいと思うテーマはある？　最近新しく、ふしぎに思ったことでもいいわ」

「うーん？」

教室の空気は、とたんに重くなる。

浩太は、教室から音が消えるこの瞬間が苦手だ。

お尻がもぞもぞしてきて、なんだかいごこちが悪くなる。

「はいっ」

たえきれなくて、浩太は手をあげた。

「うーんと、あのう……」

何か、考えがあったわけじゃない。

とりあえず口を開いて、沈黙をやぶりたかった。

「去年調べたことじゃないんですけど、それでもいいですか?」

とっさに浮かんだのは、海で会ったおじいさんのことだ。

「いいわ」

枝里子先生が、うなずく。

「この前海に行ったら、知らないおじいさんに会って……。『ぼうず、あんまり海に来てたらひっぱられっぞ』っていわれたんです」

「ん？」

何人かが、顔をあげた。

「おれも、いわれたことある……」

「私も」

浩太は、教室に音がもどってほっとする。

あちこちで、声がする。

大志は酒屋の息子で、みんながもりあがってる時にしらける一言を浴びせるのが得意だ。

大志が、手をあげた。

「はい」

「それって、お盆によくいわれるやつですよね。たぶん単純に海水温がさがって危ないから、海に入っちゃいけないってことじゃないですか？　お盆すぎたら、くらげだって出るんだし」

なぜか浩太を挑戦的ににらみ、謎のびんぼうゆすりをする。大志は、一瞬で人を敵にまわす天才でもある。

「だって、今はお盆じゃないだろ」

周平が、反論する。

「うん、うん」

何人かが、うなずく。

「じゃあ、なんでなんだよ」

大志は、おもしろくなさそうに口をとがらせる。

それ以上つっこまれると、周平は答えられない。

「はいっ」

教室に生まれかけた沈黙を、押しのけるように香莉が手をあげた。

「昔、浜にたくさんの死体が流れついたって聞いたことがあります。それと、関係がある

かも」

「えっ?」

「死体……?」

23

「何、それ？」

教室が、ざわつく。

恐がりの礼奈が、はじかれたように香莉を見た。

「香莉さん、もっとくわしく説明できますか？」

枝里子先生がいうと、香莉はゆっくりと首を横にふった。

ほうっ……

張りつめていた教室の、あちこちで吐息がもれる。

枝里子先生が、問いかける。

「さあ、どうしましょう？　浩太くんのいった『ひっぱられる』、香莉さんが聞いた『死体が流れついた』、調べてみますか？」

男子がうんうんうなずき、女子はいっせいに首をふった。

「はい」

敦也の手が、あがった。

「『ひっぱられる』にしても『死体が流れついた』にしても、情報が少なすぎます。それ

が、本当かどうかさえわからない。だから、決めるのはまだ早いと思います」

枝里子先生が、うなずく。

「それに……」

ためらいがちに、敦也が続けた。

「ぼくは、恐竜についてもっと知りたいです。小平はせっかく北海道で一番先に恐竜の化

石が見つかった町なんだから、今年は調べるだけじゃなくみんなでしべ川上流にさがしに

行くとか……」

「わあっ」

女子たちが、かん声をあげる。

「小平小学校五年生新化石発見、なんてあったらいいなあ」

敦也がつぶやくと、

「すてきっ」

25

女子たちの騒ぎは、もうとまらない。

「賛成」

女子に混じって、大志の声がする。

そのままいっきに恐竜に傾いてしまいそうな教室に、香莉の声がひびいた。

「でも、恐竜はあちこちで見つかってるよ」

「え？」

女子たちが、いっせいにとがった目を向ける。

〈おっと、ドンコ、女子を敵にまわす気か？〉

香莉は、知らん顔で続けた。

「北海道では日本最大の全身骨格化石『むかわ竜』が見つかった穂別の方が有名だし、全国では恐竜王国っていわれる群馬や福井の方が有名よ」

女子たちの視線が、ぶすぶすと香莉につきささる。

「それに、しべ川はものすごくたくさん人が入ってるから、もう調べつくされて何も残ってないって父さんがいってた」

香莉の父さん、つまりおれたちサッカー少年団のコーチ辻井守さんはアンモナイトの採集でも有名だった。町の文化交流センターの展示室には、コーチが発見したアンモナイトがいくつも並べられている。

「それに」

〈まだ、続ける気か？〉

浩太は、香莉の後頭部に向かって「やめとけ」ビームを発射したがむだだった。

「熊とか蛇とかいるし、私はさがしに行くのいやだな」

〈やっちまったぁ……〉

女子の怒りは、もうマックスだ。

いつも冷静な敦也が、めずらしく知識を総動員して反論しはじめた。

「ぼくたちがいるこの地球に、恐竜が住んでたんだよ。すごいと思わない？　しべ川上流は、恐竜全盛期の白亜紀の地層が地表近くに出てるめずらしい場所なんだ。小平から発掘されるアンモナイトは、渦巻きがきれいで品種も豊富……」

「知ってる。うちにも、本があるから」

香莉は、まったく動じない。

「恐竜の歴史は一億六四〇〇万年、人類の歴史は五〇〇万年でしょ。恐竜はそんなに長く生きていたんだから、世界じゅうどこにでもいたのよ。世界三大恐竜博物館はカナダ、中国、福井。日本で最初に足跡が発見されたのは、群馬県……」

〈こいつ、めっちゃくわしい……〉

浩太は、家で恐竜図鑑を開いてる香莉を想像して思わず椅子をひいた。

「香莉さん、よく知ってるわね」

枝里子先生が、感心したようにいった。

「ところで、お父さんはしべ川によく調査に出かけられているけど、香莉さんも一緒に行ったことがあるの？」

香莉は、こくっとうなずいた。

「じゃあ……、熊なんかにも会ったことがある？」

熊と聞いたとたんに、礼奈がのけぞって香莉を見る。ほかの女子たちも、一瞬敵意をひっこめて香莉を見た。香莉は、こともなげにうなずいた。

「ええっ」

教室に、どよめきが広がる。

枝里子先生が、吉村昭という人の小説『熊嵐』の話をしてくれたことがある。舞台になった苫前町は、小平よりもうちょっと北にある町だ。昔、大きな熊が家の壁をやぶって入ってきて、女の人を殺してお腹の赤ちゃんを食べちゃったんだ。あの時も、礼奈は恐がってびーびー泣いていた。

「それで、どうしたんですか？」

枝里子先生が、心配そうに聞いた。

香莉は、あっけらかんと答えた。

「だれが林の中にあんなはく製を置いたんだろうと思って見てたら、ちょうど車のそばにいた父さんがビビビィッてクラクションを鳴らして、熊はザーッて笹こいで逃げていった」

「はあっ」

みんなが、とめていた息を吐きだす。

「無事で、良かったわ……」

枝里子先生も、胸をなでおろした。

リアルな体験は、やっぱり強い。敦也と女子の戦意は、すっかり失せてしまったみたいだ。

「じゃあ、今日はこのくらいにしましょうか」

枝里子先生が、みんなを見まわす。

「今のところ、浩太くんの『ひっぱられる』、香莉さんの『死体が流れついた』、敦也くんの『恐竜』がテーマとして出ています。敦也くんがいう通り、もう少し情報が必要ね。みんなも、お家の人や周りの人によく聞いてごらんなさい。図書室や道の駅、文化交流センターなどに行って調べるのもいいわね。もっと情報を持ちよって、少しずつ一つにしぼっていきましょう」

枝里子先生は、黒板に書かれたテーマをていねいに消した。

月、水、金は、サッカー少年団の練習がある。

おれたちはいったん家に帰り、午後五時にグラウンド集合だ。

ランニング、ストレッチ、ボールタッチ。基礎練のあとに、試合がはじまる。サッカー少年団のメンバーは、近くの小学校の三年から六年までの一八人。相手チームには、少年団OBや地元のサッカー好きが集まってくる。

海側のネット裏で、こぼれ球をまちながら周平がいう。

「しっかし悠人ってすごいよなあ、足の裏に糸でもついてんじゃね？」

悠人はレギュラーになった三年の最初から、上級生にぜんぜん負けてなかった。悠人の足にかかると、ボールはまるで忠実な犬のようだ。

「なんで、あんなことできんだろうな？」

「さあ？」

二人は、顔を見合わせため息をついた。

「ところでおまえ、もちろん『ひっぱられる』だよな」

周平が、聞く。

総合学習の、テーマのことだ。

「うん」

「悠人も、そうだな。敦也は、恐竜か？」

「ああ」

二人の予想通り、敦也は練習が終わるとすぐコーチのところへ駆けつけた。しべ川の化石について、聞いているのだ。

辻井コーチは、いつもガソリンスタンドを奥さんにまかせて練習にやってくる。子どもの頃からサッカーを続けていて、高校ではインターハイにも出たそうだ。アンモナイトや化石の収集は、中学からはじめたそうだ。六年生の担任角バンとは仲が良く、サッカー少年団の学校側の担当をしている角バンは時々練習に顔を見せる。

浩太、周平、悠人の三人はしばらく敦也をまっていたが、コーチとの話はなかなか終わりそうにない。三人は、敦也を置いて先に帰ることにした。

歩きながら、悠人がいう。

「おれ、『ひっぱられる』のことじっちゃんに聞いてみるわ」

悠人のじっちゃんは、国道沿いで八百屋をしている。

「おれは、いわれたことないけど聞いてみる」

周平の家は、お寺だ。

「おまえの父さん、お坊さんなら何か知ってんじゃね？」

悠人が聞くと、

「ああ。だけどおやじ、仕事のことあんましいわないからな」

周平はぼやくようにいった。

「へえ。おまえ、父さんのことおやじっていってんの？　かっけえな」

悠人が、周平の肩をつつく。

「なんだよ……」

周平が、つつきかえす。

「うちはこの前なんか変な感じだったから……、聞いてもだめかも」

浩太が、自信なさげにいった。

「ふうん。じゃ、どうすんの？」

悠人が、いう。

「どう、しようかなあ？」

浩太は、海を見ながらいった。

「おじいさん……、さがしてみようかなぁ？」

悠人と周平が、同時に聞く。

「えっ？ おじいさんって、この前『ひっぱられっぞ』っていった人？」

「うん……。絶対、なんか知ってるはずなんだ」

浩太がいうと、

「じゃ、おれも行く」

「おれも」

悠人と周平が、一緒にいった。

三人は明日の放課後、海でおじいさんをさがすことにして別れた。

「いる?」

「いや……、いない」

浜には、たくさんの人が出ていた。どうやら、大波のあとだったらしい。みんな、両手いっぱいに昆布やワカメを持っている。浜に打ちあげられたのを、ひろっているのだ。

三人は、堤防に腰かけて浜を見わたした。

「気ん持ちいいなあ、海って」

周平が、大きな伸びをする。

悠人も両手を広げ、思いっきり浜風を吸いこんだ。

今日の暑寒別岳は、雲の下からすそだけが見えている。

「あっ!」

暑寒別岳を見ていた浩太が、とつぜん声をあげた。

「おじいさんっ」

浩太は、叫ぶなり堤防を飛びおりた。

「えっ？　どこ？」

「どれ？」

周平と悠人がいった時には、浩太はもう駆けだしていた。

二人も、あわててあとを追う。

〈まって、おじいさん。聞きたいことがあるんだ〉

浜に出ている人の間を、おじいさんがゆっくりと暑寒別岳の方へ向かって歩いていく。

浩太は、夢中で砂をこいだ。

追いかけながら、悠人がいう。

「浩太って、こんな足速かったっけ？」

「うーん？」

周平が、首をかしげる。

「これじゃあ、レギュラー入りも近いかも」

「えっ、まてよ！　補欠はおれだけって、やめてくれぇーっ」

周平の叫びを、浜風がさらっていく。

「おかしいなあ、たしかこの辺だったんだけど……」

浩太は立ちどまり、きょろきょろとあたりを見まわした。

でも、おじいさんらしき人影はどこにも見あたらない。

はあっ　はあっ

追いついた悠人と周平が、息を切らしている。

「見まちがいじゃ、ね？」

「陸へ、あがったとか……？」

「いや、まっすぐ歩いてた」

浩太が、いう。

「本当に、見たの？」

「見たっ。タオルのはちまきをして網をかついで、あのおじいさんにまちがいない」

浩太は、ゆずらない。

三人はその辺をずいぶんさがしまわったがおじいさんはとうとう見つからず、すごすご

と浜をひきあげた。

あきらめきれずに、浩太が何度も浜をふりかえる。

「総合、明日だぞ。どうする？」

周平が、聞く。

「じっちゃんも、わがんねっていうしなあ」

悠人のじっちゃんは、

「すったらこと、わがんねえ。ガキの頃からそういわれてっからそうなんだ、昔の人はう

そいわねぇ」

店先で春キャベツをぽんぽん叩きながらいったらしい。

周平のところは、ちょうどお通夜が入っていて聞けなかったそうだ。

「聞いたけどわからなかったって、正直にいうしかないなぁ」

浩太が、残念そうにいう。

「だな」

「敦也……、きっといっぱい話すだろうなあ」

「恐竜になると、人変わるからなあ」

「うん」

「五年生のテーマは、『恐竜』かぁ」

「小平小学校五年生新化石発見……、いいけどなぁ」

三人は、ぶつぶついいながら交差点で別れた。

次の日、敦也より先に手をあげたのは大志だった。

〈え？　大志ぃ？　どうせ、『ひっぱられる』について調べるのは反対だなんて、念おし

する気だろ〉

と、思ったら、

「死体が流れついたのは八月三日、太平洋戦争が終わった一週間後です。樺太からの引

き揚げ船三隻が、目の前の海でソ連の潜水艦に攻撃されたんです」
って、大志はいいだした。

「へ？」

「カラフト？」

浩太、周平、悠人の三人は、きょとんとして顔を見合わせた。

「この前あいつ、恐竜に賛成してなかったっけ？」

悠人が、小声でいう。

なんでも大志の父さんがそのことについて調べていて、家にたくさんの資料があったそ
うだ。

〈あんなに、反対してたくせに……〉

浩太は、得意げな大志を横目でにらんだ。

「まじ？」

「ここで？」

「戦争が終わった、一週間後？」

みんな、口ぐちにいっている。

枝里子先生が、聞く。

「それで、お父さんは『ひっぱられる』について何かおっしゃってましたか?」

「いや……」

大志は、首をふった。

〈なーんだ、『ひっぱられる』についてはやっぱりわからずじまいか。おれらもなんもわかんなかったしなあ、あとは敦也の一人舞台だな〉

と、思ったら、香莉が手をあげた。

「うちの父さんも、前から調べていて……」

〈えっ、コーチ、そんなこともやってんの? サッカーにアンモナイトに船……? いつ、仕事してんだろう?〉

浩太は、ガソリンスタンドでいそがしそうに走りまわってる香莉によく似たコーチの奥さんを思いだした。

「昔の樺太、今のサハリンの南半分は日本の領土で、四〇万もの日本人が暮らしていたんだって。でもロシア、その頃はソ連だけど、戦争はしないっていう日本との約束をやぶって、戦争が終わる直前の八月九日に国境線をこえていきなり攻めこんできたんだって」

「ん？」

はじめて聞く話にみんなぴんとこないようだが、

「約束してたのに、なんで？」

「そんなこと、あったの？」

なんてささやきあってる。

香莉は、続けた。

「男の人たちは戦うために残らなければならなかったから、女の人と子どもと老人だけで逃げたって。弾がびゅんびゅん飛びかう中を必死で逃げて、南端の大泊っていうところにようやくたどりついた。そこから日本へ向かう船に乗ったんだけど、稚内に着いてみたら港はもういっぱいで入れなかったの。それでしかたなく小樽を目指して、ここを通った。八月二二日、戦争が終わって七日もあとだよ」

「ふうん」

みんなは、香莉のいきおいに巻きこまれて聞いている。

香莉は、時々ノートを見ながら話していく。

「最初に通ったのは小笠原丸で、増毛別苅沖で攻撃されて沈没した。二番目は、第二新興丸。焼尻をすぎたところで攻撃され、大穴をあけられたの。潜水艦に追われて一回鬼鹿の岸にぐっとよってきたけど、傾きながらそのまま海岸線を進んで留萌の港に逃げこんだ。三番目の船が、泰東丸よ。泰東丸は鬼鹿の沖で攻撃されて、今もたくさんの遺骨と一緒にそこに沈んでいるんですって」

「えっ?」

「鬼鹿……?」

鬼鹿は、小平町の中でも北よりにある町だ。みんなは、いっせいに海を見た。具体的な地名が出ると、話がぐんと目の前に迫ってくる。

「亡くなったのは、三つの船合わせて約一七〇八人。混乱していて乗船名簿も正確じゃなかったから、もっと多いかもしれないって。だから、この辺の浜に五六もの遺体が流れついたのよ」

礼奈（れいな）が首をすくめて、ふるえだす。

〈またか……〉

おれたちはもう、礼奈（れいな）の恐（こわ）がりには慣（な）れっこだ。

〈一七〇八人って……。去年小平ふしぎ発見で小平町（おびらちょう）の人口を調べた時、男性（だんせい）の数が約一四〇〇人だったからそれより多いってこと？　小平町（おびらちょう）の男性（だんせい）が、みんな消えた……〉

浩太（こうた）が考えていると、

「あーっ」

悠人（ゆうと）がとつぜん、でっかい声をあげた。

「花田の番屋ーっ。番屋の前に三つの船がどうとか書いてあるやつ、あれってこれのこと—？」

すっとんきょうな声が、しずまりかえった教室の空気をいっきにけちらす。さすがフォワード、キック力はんぱない。

「そうね」

枝里子（えりこ）先生が、笑ってうなずく。

「旧花田家番屋、道の駅の隣の昔の鰊番屋ね。その前に、海に向かって黒い碑が建っているでしょ。三船遭難慰霊之碑、って読むの。この事件を忘れないために、そして海で亡くなった人たちの霊をなぐさめるために建てられた碑よ」

「へぇー」

まるで大発見でもしたみたいに、悠人が目を見開いてうんうんうなずく。みんなが、くすっと笑う。でも、浩太は笑えなかった。浩太も、碑の意味を今知ったのだ。

〈いくら見慣れていても、意味を知らないとそこに『ない』と同じなんだ……〉

香莉が、めずらしく深刻な顔でいう。

「私、この話を聞いて一番ショックだったのは、留萌と釧路を結ぶ線から上はソ連だったかもしれないってことなの」

「えっ?」

みんなが、ふしぎそうな顔で香莉を見た。

〈ドンコ、いったい何をいいだす気だ?〉

悠人のおかげで一瞬ゆるんだ空気が、またすぐしゅっとちぢまった。

香莉は、沈んだ声でいった。

「ソ連は、二日後の八月二四日には留萌の港から上陸してくるところだったのよ。そして、留萌と釧路を結んだ線から上の北海道を占領するつもりだったの。だから、偵察のために留萌沖に潜水艦がいたのよ。三つの船は、その潜水艦にやられたの」

みんなは、息を飲む。

礼奈も一瞬、ふるえをとめた。

「もしソ連がそのまま北海道に上陸してきていたら、おじいちゃんもおばあちゃんも殺されて、父さん母さんはいなかった。そしたら、私たちだって……」

教室は、真空パックにつめこまれたようにしーんとなった。みんな、ひっそりと息をしている。

「どうして、上陸してこなかったの？」

浩太が、おそるおそる聞いた。

「アメリカとソ連のかけひきとかむずかしい問題があるらしいけど、とにかく二三日のお昼すぎに日ソ停戦協定が成立したの。泰東丸が沈んだ、わずか二時間後よ」

「……」

〈ということは……、ここを通った三つの船の人たちは、たった何時間かの差で死なな

きゃならなかったの？　そんなことって……〉

浩太は、とつぜん深い海の底にひきずりこまれていくような気がした。

帰り道、周平が聞いた。

「知ってた？」

「いや」

浩太と悠人が、首をふる。

周平は、今日の総合学習の話をしているのだ。

「おれたち、自分たちの町のこと何も知らなかったんだな」

周平が、つぶやく。

「うん……」

浩太と悠人が、うなずいた。

今日は、香莉がほとんど一人でしゃべってた。枝里子先生が「ほかに何か調べてきた人は？」って聞いたけど、とても何かいいだせる雰囲気じゃなかった。

浩太は、敦也を見た。

〈恐竜のこと、いわなくていいの？〉

そう思ったけど、敦也は何もいわなかった。

敦也とは、この前のサッカー練習の時から一緒に帰れていない。

浩太は、敦也との間になんだか見えない線がひかれてしまった気がした。

悠人が、聞く。

〈このまま、友だちじゃなくなるのかな……？〉

「戦争ってさ……、太平洋戦争だっけ？　いつのこと？」

「ええとぉ……」

浩太も周平も、はっきりとは答えられない。

「とにかく、おれたちが生まれるずーっと前だよな？」

「うん」

50

浩太が、いう。

「だけど、終戦の年はわかるぞ」

「えっ?」

「浩太って、そんなに頭良かったっけ?」

二人が、浩太をまじまじと見る。

「昭和二〇年、西暦でいうと一九四五年だ」

浩太が、余裕で答えると、

「すげーっ」

二人は同時に叫んだ。

「おまえら無礼だぞ、おれをだれだと思ってんだ」

ちょっとふんぞりかえって見せてから、浩太は種あかしをした。

「うちのじいちゃん戦争が終わった次の年に生まれたから、じいちゃんの年から一つひけばいいんだ」

「なぁーんだ」

二人とも、拍子ぬけした顔をする。

「でもよぉ、昭和二〇年って……。今は、令和だろ」

悠人が、むずかしい顔をして数えはじめる。

「七四年前っ」

浩太が、すばやく答える。

「お、おぉー」

二人が、また目をむく。

「だって、じいちゃん七三だも」

「あ、あぁ」

「はい、はい」

おどろいたりがっかりしたり、二人はいそがしい。

「でも、大志も香莉も『ひっぱられる』のことは何もいわなかったな」

周平が、いう。

「ああ」

「まてよっ」

悠人が、ぴたっと立ちどまる。

「な、なんだ？」

浩太も周平も、つられてとまる。

「お盆って、八月一五日？」

周平が、すかさず答える。

「ああ、一三日から一六日までの四日間だよ」

さすが、寺の子。

「船が沈んだのが二二日でお盆すぎたら海に入るな、ということは……？」

「と、いうことは……？」

本日二度目の大発見みたいに、悠人が大声で叫ぶ。

「海に沈んだ人に、ひっぱられるってことかぁ？」

「えーっ？」

浩太と周平は、顔を見合わせた。

「ひどいよっ、そんなの」

浩太が、ふんがいする。

「ああ、ひどい」

周平も、うなずく。

「だよ、なぁ……」

悠人は、しゅーんとなった。

三人は、黙りこくって歩きだした。

「でも、流れついた死体は五六とかって、ドンコよくあんなことへっちゃらな顔でいえるよな」

「うん」

「さすが、ドンコ……」

「コーチ似か？」

悠人が、聞く。

辻井コーチは、どんな場面でもほとんど表情を変えず淡々としている。

「顔は母さんで、性格は父さん……」

なんていってるうちに、いつもの交差点が見えてきた。

浩太が、つぶやく。

「おれ、今まで戦争なんてぜんぜん関係ないと思ってた……」

「ああ」

「そこにあったんだ、戦争……」

「うん」

「ソ連が、北海道の北半分を占領しようとしてたなんて……」

三人は、しょぼくれたまま交差点で別れた。

翌朝、悠人が教室に駆けこんできていった。

「じっちゃん知ってたぞ、船のこと。自分はまだ生まれてなかったけど母さん、つまり亡くなったおれのひいばあちゃんがいってたって。でも、はっきりしたことはわからないから、『そいだば、滝下のばばちゃんに聞いてみれ』って。たしかその時、子どもを連れて山に逃げたはずだって」

「滝下のばばちゃん？」

「うん、ひいばあちゃんの同級生。九七歳で、今も花岡に一人で住んでるって」

「九七ーぃ？」

「覚えて、いるかなぁ？」

「うーん、どうかなぁ？」

悠人が、自信なさげに首をかしげる。

「花岡の、どの辺？」

周平が、聞く。

花岡は小平と鬼鹿の中間にあって、浩太たちが住む小平本町からは比較的近い。

「バス停の、すぐ近くっていってたな」

「それならバスで二区間か、歩いても行けるな」

周平が、いう。

「おまえ、ほんとに地図強いよなぁ」

悠人が、感心する。

周平は、さらに続ける。

「国道のトンネル通っても行けるけど、車が多いからしべ川こえて海まわってった方がいい」

浩太が、聞く。

「それって、『ゆったりかん』前の道ってこと？」

「ああ」

町で唯一の温泉施設「ゆったりかん」には、海を見おろせるレストランがあって町外からもたくさんのお客が来る。

土曜日は練習試合があるから、三人は日曜日に滝下のばばちゃんの家へ行ってみることにした。

滝下のばばちゃん

朝一〇時、しべ川にかかる高砂橋のたもとでまちあわせる。

歩きはじめてすぐに、おびまる広場のカモノハシリュウのモニュメントが見えてきた。

ちょっととぼけた感じのカモノハシリュウは、じろじろと三人を見る。

〈そういえば、誘わなかった……〉

カモノハシリュウに敦也を思いだし、浩太はちくりと胸が痛んだ。

おびまる広場を左に折れ、「ゆったりかん」前を通って海沿いの道に向かう。海沿いの

道は、どこまでいっても海が続いていた。車は、ほとんど通らない。

光をためた水平線に、天売、焼尻の兄弟島が浮かんでいる。その右に、利尻富士がすら

りと美しい姿を見せる。この辺では、利尻島を利尻富士と呼んでいる。

まだ四月というのに、海はもう陽の光をはねかえし夏の準備をはじめてる。晴れわたっ

た空の下、まるで鼻歌でも歌っているようなごきげんな海を見ていると、ここでたくさん

の人が亡くなったなんてとても信じられない。

「じっちゃん、船のこと知ってたなら、ほんとは『ひっぱられる』も知ってたんじゃね？」

周平が、悠人に聞く。

「うん、おれもそう思ったんだけど『んだかもしれねぇけど、わがんねぇ』って。じっちゃん、あんまし深く考えるタイプじゃねぇからなぁ」

店先でいつもお客さんに冗談をいってガハハと笑っているじっちゃんは、たしかになんにも悩みがなさそうだ。

〈悠人と、おんなじ……〉

浩太は、くふっと笑った。

海沿いの道は、トンネルを迂回してバスが通る国道へつながっている。国道が見えはじめると、周平は迷わず右に折れて坂をのぼった。周平の頭にはもう、地図がしっかりコピーされている。浩太と悠人も、続いて坂をのぼった。のぼりきったところに、ぽつんと一軒家が建っていた。そこが、ばばちゃんの家だった。

「おう、来たかや」

薄緑色のかっぽう着をつけて家の前の畑で草取りをしていたばばちゃんは、三人を見るとすぐにいった。悠人のじっちゃんが、電話をしておいてくれたのだ。

ばばちゃんの名前は、滝下カネ。腰の曲がったちっこいばあちゃんだけど、しゃきーんとしてとても九七には見えない。この調子なら、一五〇歳くらいまで生きるんじゃないかと三人は思った。

「さ、あがれ」

ばばちゃんが、玄関の引き戸をあけた。

「これ、じっちゃんから」

悠人が、リュックに入れていたレモンをわたす。

「おう、これハチミツに漬けて飲むの楽しみなんだわ。おらぁ、そのおかげで長生きしてらぁ。信さんに、いっつもありがとうっていっといてくれな」

ばばちゃんは、歯のぬけた口をあけてハハハッと笑った。悠人のじっちゃんの名前は、杉崎信一だ。

「おめえがキヌさんのひ孫かぁ？　おっぎくなったのう」

ばばちゃんは、悠人を見て目を細めた。

茶の間にあがると、窓いっぱいに日本海が広がっていた。

「わあっ」

三人は、いっせいに窓に駆けよる。

「すっげぇ」

「こういうの、なんていうんだっけ？」

「オーシャンビュー？」

「おお、それ、それ」

〈ばばちゃん、毎日この景色を一人で見てるのか……〉

浩太は、ばばちゃんの元気な理由がわかった気がした。

「暑寒別岳っ、きれいだぁ」

周平が、叫ぶ。

「暑寒がきれいに見える次の日は天気がくずれるって昔はよくいったもんだが、どうだか
なあ。今は天気も、すっかりくるっちまってるもなあ」
　ばばちゃんは三人の横に並んで、伸ばした腰をとんとんと叩いた。それからゆっくりと
台所に行くと、ハチミツ漬けレモンのビンを持ってきた。
「お茶よりも、こっちの方がよかんべ？」
　ばばちゃんは、日に焼けたしわだらけの手でビンにたまったシロップをすくってコップ
に入れた。そして、くんできたばかりの冷たい井戸水で薄めてくれた。
「水はちゃーんと、保健所の検査通ってっから大丈夫だぁ」
　ばばちゃんは、また歯のない口で笑った。
「いただきまーっす」
　歩きっぱなしで喉がからからだった三人は、ごくごくといっきに飲みほした。ほんのり
甘くてすっぱいレモン水が、すーっと体の中にしみこんできた。
「普通のジュースより、ずっとうまいんだ」
　浩太が帰ってから母さんに話すと、それはレモネードっていうんだよと教えてくれた。

レモネードを、もう三杯もおかわりしている悠人が聞いた。

「ばばちゃん、鬼鹿の沖で沈んだ船見たってほんと？」

にこにこしながら三人の飲みっぷりを見ていたばばちゃんは、頭の日本手ぬぐいをはずしていった。

「ああ。それ、聞きに来たんだべ？」

三人は、こくんとうなずいた。

「んだなぁ。つれぇ話だもの、あんましいいたくねぇどもなぁ……。聞きてぇなら、しかたねぇべ。おらが話さなかったら、もう話す人もいねぇべしなあ」

ばばちゃんは、ぽつりぽつりと話しはじめた。

「おらな、ここからもうちょっと鬼鹿よりの秀浦っていうとこにいたんだわ」

話しながら、ほつれた髪をゆっくりとなであげる。

「日本が戦争に負けてしまったからよぉ、村はロスケが上陸してくるんでねぇかっていう話で持ちきりだったのさ。ロスケって、わかるか？　ソ連のことさ。昔はそういったんだ。ロスケが来たら、大変だもの。おらぁ、いつでも逃げれるように支度だけはしておい

「たんだ」

　浩太は、ばばちゃんの話をノートに書きとめる。

「朝の、五時くらいだったべか。ドーンドーンって、でっかい音がして目が覚めたんだ」

「ふうん」

「天売、焼尻の島の方から聞こえたからなんだべと思って海の方見たけど、海霧がかかってなーんも見えねぇのさ。だども、七時くらいになったら海霧も晴れてきてなあ。今度は、岸に近づいてくるでっけぇ船が見えるもの」

　ばばちゃんは、目の中に残っているその光景を見ようとでもするように時々目をつむる。

「したら、だれかが叫んださ。『ロスケが来たぞーっ』って。こりゃあ、大変だと思ってね。うちのだんなは戦争にとられてるべ？　おら、生まれたばかりの息子おんぶって、三つになった娘の手ひいて夢中で裏山さ逃げたんだ」

　ばばちゃんは、大きく手をふりまわして話す。

「ヤブこいでドングイの茂みかきわけて、だいぶのぼったんだわ。ドングイの葉っぱのすき間から、海がよーぐ見えたどぉ」

「ドングイって、イタドリのことだよね?」

悠人が、聞く。

「んだぁ」

ばばちゃんは、答えて続ける。

「船は一回ぐーっと浜さ近づいてきたと思ったら、そのまんまゆっくりと留萌の方さ進んでいくんだ。ずんぶ右に、傾いているように見えたどもなぁ」

〈これ……、ドンコがいってた二番目の船のことだ。たしか、第二新興丸っていってた〉

浩太は、思った。

「おらたち、わけがわからねぇのさ。ロスケが来るのを今か今かってまってらども、そのうち息子は泣くべし。持ってきたイモ食わしてなだめてたら、今度は海からドーンドーンって三つ聞こえたの。見たらパーッて白い水柱が上がってねぇ、船が真っ二つに折れてぐるぐる回ってあっという間に沈んでいったんだ。たまげたわぁ。戦争終わったばっかりだのに、また新しい戦争がはじまったんだべかと思ってねぇ。だんなが置いてった懐か中時計見たら、一〇時ちょっと前だったなぁ……」

九七なのにばばちゃんの話はしっかりしていて、ぼけてるとこなんて一つもなかった。

「そのうち、近くにかくれてた人がどっかにたしかめに行って。したら、どうやら貨物船が沈んだらしいってわかってね。なんだかロスケが来るようでもねぇし、『そいだば』っていうんでおらたちようやく家に帰ったのさ」

ばばちゃんは、そこでこくっと喉を鳴らしてレモネードを一口飲んだ。それから、しわにうもれた細い目でじーっとこっちを見た。

「おめえら、まだ聞くかぁ?」

三人は、「もちろん」というようにすぐにうなずいた。

「んだどもなぁ。こったら話、おめえらに聞かせていいもんだべかなぁ……」

ばばちゃんは、迷っているようだった。

「もしかしたら今晩、眠れんかもしれんど。おら、知らんど。それでも、聞くか?」

浩太は、ぶるっと身ぶるいした。

〈どんだけ、恐い話だろう……?〉

でも、周平がいやにきっぱりという。

「大丈夫！」

「えっ？」

寺の子だから、こういう話は慣れているのか？

たしかに、ここまで来てこの先を聞かずには帰れない。浩太も悠人も、おっかなびっくりうなずいた。

「んだば」

ばばちゃんは、座り直して話しだした。

「戦争が終わったばっかしで、物もなーんもねえべさ。村では、自分たちで塩作ってたんだわ。海に、塩いっぺぇあるべ？　海水くんでニシンの大釜で煮て、それ干して塩にしてたんだ」

「へえ」

「塩当番、ってのがあってなぁ。村のもん、みーんなで順番に仕事したのさ」

ばばちゃんは痛むのか、時々左のひざをさすりながら話す。

「塩当番の日は、浜さ行くべさ。したら、番屋といわず漁船といわずどこもこもびっしり
とカラスがたかってるんだわ」

「えっ？　なんで？」

悠人が、聞く。

しばらく黙っていたばばちゃんが、答えた。

「流れついた、仏さんにたかるのさぁ……」

「……」

「ぎゃーっ、ぎゃーって、もんのすごい鳴き声あげて次々に飛びかかってくるんだ。波の
音なんか、聞こえるもんでねぇ。追っぱらっても追っぱらっても、きくもんでねぇんだ

……」

浩太は、浜をうめつくすカラスの大群を想像してごくんとつばを飲んだ。

「一か月くれぇの間だべか？　ずんぶ、流れついたんだどぉ」

浩太のノートには、香莉がいっていた五六という数字が書いてある。

「海の仏さんはなぁ、そりゃぁかわいそうなもんでなぁ。水吸ってぱんぱんにふくれあ

がってるべし、一週間もたったら髪の毛だってぬけおちてるもなぁ……」

ひざをさするリズムに合わせて、ばばちゃんはしゃがれた声でいった。

「おめぇらみてぇな、ちっちゃえ子も何人もいたどぉ。教科書つめこんだ、ランドセルしょってなぁ……。日本に帰るからって、おっかさんがいっちばんいいやつ着せてくれたんだべさ。きれぇな服着てなぁ」

ノートをとる浩太の手は、もうとまっていた。

「おらたち、仏さんを筵にくるんでリヤカーで運んだんだわ。持ち物や名札があれば寺で供養もできたども、身元がわがんねぇ仏さんはなぁ……。しかたねぇから、裏山に穴掘っててうめたんだぁ……」

秀浦の方に向かって、ばばちゃんは手を合わせた。

「お腹の、大っきい女の人もいてなあ。赤ちゃんがちょっと飛びだして、とっても見てられなかったぁ……」

この時浩太は、ばばちゃんのところへ来たことを後悔しはじめていた。あんなにきっぱり「大丈夫」っていってた周平の顔も、青ざめている。

ばばちゃんはまだ「漁師の網に、腕や足がかかった」とか「何年もたってから、骨の一部が流れついたんだ」とかいってたけど、浩太の耳にはもう何も入らなかった。

レモネードのコップを洗い、三人はお礼をいってそそくさとばばちゃんの家を出た。相談したわけでもないのに、気がついたら海沿いの道じゃなく国道のトンネルを歩いていた。

三人の脇を、ものすごいスピードで車がびゅんびゅん通りすぎていく。

ばばちゃんのだんなさんは、それきりもどってこなかったそうだ。

「だれが、おらのだんなを殺していいっていった？　勝手に殺したのは、だれなんだ？」

トンネルの中に、最後に聞いたばばちゃんの声がひびきわたる。

「おらあ、夏の海がきらいだぁ……」

三人は追われるように、出口に向かって歩きつづけた。

謎のおじいさん

次の週の総合のあと、周平と悠人が来ていった。

「おまえ、なんでばばちゃんのこといわなかったの？」

「だって……」

浩太が口ごもると、

「だよなあ」

悠人がうなずく。

「だな」

周平も、うなずいた。

今日は、敦也の一人舞台だった。

「恐竜の絶滅は六六〇〇万年前で、地球に巨大隕石が衝突したのが原因っていわれてる。

小平町のクビナガリュウの化石発見は札幌の人、カモノハシリュウは旭川。ぼくが一番好きなのは、ディプロドクスの仲間で世界最大の草食恐竜スーパーサウルス……」

敦也の恐竜愛は、とまらない。

浩太は、家に帰ってからもなんとなく落ちつかずぶらりと外へ出た。行くあてもなく浜へ行き、堤防に座ってぼんやり沖を見る。

水平線の右奥に、天売、焼尻の島影がかすんでる。

「ドーンドーンって、天売、焼尻の方からでっかい音がして……」

浩太は、ばばちゃんの話を受けとめきれずにいた。

〈なにも、あそこまでいわなくても……〉

自分たちが聞かせてほしいと頼んだのも忘れて、なんだかちょっぴりうらめしい気持ちだった。

謎のおじいさん

ぽちゃん

ぽちゃん

波打ちぎわで、波がねぼけた音を立てている。

風がとまっているのか、海はビロードの布を広げたみたいになめらかだ。

〈これが、べた凪っていうやつかあ〉

おだやかな波にちょっぴり気持ちをなだめられ、浩太は浜を見わたした。

暑寒別岳を背景に釣りざおが何本も並んでて、その後ろに釣り人がのんびりと寝そべっている。

〈あの人たち、どこから来るんだろう？　この海で起こったこと、知っているのかな？〉

その時、とつぜん波の上にぴょーんと何かが飛びだした。

〈えっ？　カレイ？〉

一瞬だったが、あの形はたしかにカレイだ。

〈まさか……。カレイって、ただ砂にもぐっているだけじゃないの？　あんなに高く、水の上に飛びあがる？　しかも、釣りざおのすぐ横なんて……〉

まるで釣り人をからかっているようなカレイの動きがおかしくて見ていると、釣りざおの向こうで波打ちぎわに座りこんでいる人が目に入った。その人は海に向かって両手をあげ、それから頭を砂にこすりつける。

〈何やってるのかな?〉

じっと目をこらすと……、頭にはちまき、横に網。

〈あっ〉

浩太ははじかれたように堤防から飛びおり、釣り人の後ろを駆けぬけた。

〈今日こそ、絶対に聞かなくちゃ〉

全速力で砂をこいで、おじいさんの後ろにたどりつく。

おじいさんは、まだ海に向かっておじぎをしていた。

〈まにあった……〉

ほっとしながら声をかけようとして、浩太は思わずその場に立ちすくんだ。

　　うおーんっ
　　うおーんっ

おじいさんは、海に向かって泣いていた。

「許してくれろーっ。許してくれろーっ」

時々、そんな声が混じる。とても、人の声とは思えない。

浩太の心臓は、音を立てた。

〈大人なのに……、人前でこんな大声で泣いたりして恥ずかしくないの?〉

浩太の方が恥ずかしくなってあたりを見まわすが、釣り人たちは知らん顔で寝そべっている。

〈聞こえないのかな?〉

浩太は、わけがわからなかった。

そのうちおじいさんはむくりと起きあがり、くるりと海に背を向けこっちに向かって歩いてくる。

「あ、あの……」

浩太は、近づいてきたおじいさんに声をかけようとした。

でも、

〈もし、泣いていたら？〉

と、思うとすんなり声が出てこない。

おじいさんは、じっと砂を見つめ浩太の横を通りぬけていく。

〈家に、帰るんだろうか……？〉

浩太は、遠慮がちにあとを追った。

磯舟の引きこみ口をのぼり民家の細いすき間をぬけ、おじいさんはゆっくりと歩いていく。そして、右に曲がってすっと見えなくなった。

〈あっ、まって〉

浩太は、あわてて駆けだした。民家のすき間を通りぬけ、大急ぎで右に曲がる。でも、そこにはもうおじいさんの姿はなかった。代わりに、一軒の家が建っている。

〈きっと、ここへ入ったんだな……〉

浩太は、うろうろと家の前を行ったり来たりした。

表札には、「丹野」と書いてある。

〈たぶんそうだと思うけど、でも、もしちがったら？〉

玄関の戸をあける勇気が、なかなか出てこない。

浩太はずいぶん迷ったあげく、

〈ようし、悠人と周平に相談してからにしよう……〉

そう決めると国道をわたって家に帰った。

翌日学校で、悠人と周平に話すと二人は声を合わせた。

「見つけた?」

「どこの家?」

「コンビニの、もうちょっと行ったところ」

浩太が、答える。

「え?　ドンコんちのそば?　辻井石油の近くか?」

「ああ、まあ」

「なんちゅう家さ?」

「丹野」

「知らねぇ」

二人とも、首をかしげた。

「で、本当にそのおじいさんだったの？」

「うん」

「絶対に？」

「絶対っ」

この前のことがあるから、二人はなかなかうたぐりぶかい。

浩太が断言すると、

「じゃあ、行ってみりゃあいいじゃないか」

簡単だとばかりに、悠人がいう。

「でも……」

「何さ？」

二人が、聞く。

「もし、ちがったら……」

「ちがったら、すいませんでいいじゃないか」

悠人は、どこまでもあっけらかんとしている。

「そうだよ。たしかめなきゃ、わかんないし」

周平も、いう。

「今日サッカーないから、行ってみようぜ」

三人は、放課後おじいさんの家に行ってみることにした。

いったん家に帰って、交差点でまちあわせる。

おじいさんの家に向かって歩きながら、周平が聞く。

「だけど、なんで泣いてたんだろうな？　おじいさん」

「さあ？」

「許してくれろーって？　何、あやまってんの？」

悠人も、聞く。

「うーん？」

「そういえばこの前、ドンコなんか変なこといってたよなあ」

思いだしたように、周平がいう。

「ん?」

「泰東丸が沈んだのが朝で捜索の船が出たのが夕方だ、とかなんとか」

「ああ」

浩太も悠人も、思いだした。

「あの女、いっつも小むずかしいこというよな。おれたちと、なーんかちがう」

悠人が、口をとがらせる。

前回の総合は敦也が一人でしゃべってたけど、最後の最後に香莉がそういったのだ。

『もっと早く助けに行けばよかったのに、なんでそんなに時間がかかったんだろう』って、ふしぎがってたよな。おじいさんが泣いてたのと、なんか関係あんのか?」

周平は、時々するどい指摘をすることがある。

そうこうしているうちに、いつのまにかコンビニを通りこしおじいさんの家の前に来ていた。

浩太が、玄関を指さす。

「ここ……」

悠人と周平が、表札をたしかめる。

「ほんとだ、丹野って書いてある」

だれが先に行くかでちょっともめてから、

「やっぱり、おまえだろ」

といわれ、浩太が玄関の戸をあけた。

「ごめんくださーいっ」

玄関は、広い土間になっていた。左横の部屋のガラス戸があけ放たれていて、大きな仏壇がでーんとかまえているのが見える。

「はーいっ」

正面のガラス戸をあけて、白いエプロンをつけたおばさんが出てきた。

「あのう、小平小学校五年生の川村浩太っていいます。この前、海で会ったおじいさんに話を聞きたくて来ました─」

浩太が、緊張しながらいう。

「おじいさん……？」

おばさんは首をかしげて、

「ちょっと、まってね」

といって、奥にひっこんだ。

しばらくすると、今度はおじさんが出てきた。おじいさんに似てるけど、おじいさん

じゃない。

「小平小学校五年生の、川村浩太です……」

浩太は、またくりかえした。

「おじいさん？」

おじさんも、やっぱり首をかしげた。

「あのう、タオルのはちまきをして、網をかついで……」

浩太は、説明した。

周平と悠人も、横からフォローする。

「おれらは見てないけど、浩太が見た時一緒にいました」

おじさんとおばさんは、顔を見合わせた。

「たしか、この家に入っていったと思ったんですけど……」

浩太が、口ごもる。

「それ、いつのこと?」

おばさんが、聞いた。

「きのう、です」

「きのう……?」

おじさんが、むずかしい顔で腕組みをした。

浩太は、さらにつけくわえた。

「おじいさんにはじめて会ったのは四月の初めで、しべ川の河口で漁をしてたみたいです。次は……」

話し終えても、おじさんとおばさんはまだ黙ってる。

〈もしかして、この家じゃないのかな……?〉

不安になってきた浩太が隣の部屋に目を泳がせて、

「あーっ」

と、叫んだ。

「あの人ーっ、一番右のあのおじいさんですっ」

浩太は、ガラス戸のすき間から見える天井近くにかけられた写真を指さした。浩太の指

を追った悠人と周平が、思わず後ろへ一歩ひいた。

まじまじと三人を見ていたおじさんが、

「ま、あんたら、ちょっとあがんなさいや」

と、いった。

おばさんはそれを合図に、すっと奥にひっこんだ。

三人は、玄関横の仏間に通された。

周平が、うやうやしく前に進みでておりんをチーンとやる。

浩太も悠人も、周平にならって線香に火をつけた。

「浩太くん、だったかい？」

おじさんは、あらたまった感じで聞いた。

「もう少し、くわしく話してくれるかい？」

浩太は、今まであったことをなるべく順番にていねいに説明した。きのう、おじいさんが浜で泣いていたことも話した。

おじさんは、腕組みをしながらじっと聞いていた。

ごくっ

横で、悠人のつばを飲むでっかい音がする。

周平も、みょうに体をかたくして息をつめている。

おじさんは丹野茂和さん、奥さんは治子さんといった。

おじさんが、ようやく口を開いた。

「あの写真は、茂彦じいさんだよ。私の父親で、二年前に八三で亡くなったんだ」

〈ふうん〉

浩太は、写真の茂彦さんがおじいさん本人だとは思っていなかった。浜で会ったおじいさんは、茂彦さんによく似た弟さんか親戚のだれかだと思っていたのだ。

「ひっぱられるかぁ……。私もよくいわれたなぁ」

茂和さんが、なつかしそうにいう。

〈え……？　何、いってんの……？〉

なんだか、様子がおかしい。

浩太は悠人と周平をちらりと見るが、二人とも目をふせてこっちを見ない。

「じいさんが、一一の時だったっていうなあ。一一ったら、小学校四年か五年か？　あ、あんたらと同じくらいだな。じいさん、子どもだったけど物かげから見てたっていうな」

〈え？　何を？〉

浩太には、茂和さんのいっていることがさっぱりわからなかった。

茂和さんは、三人にたずねた。

「あんたら、ここで樺太からの引き揚げ船がソ連の潜水艦にやられたの知ってるかい？」

「はい、知ってます」

三人は、声をそろえた。

「ほう、感心だな」

茂和さんは、にっこり笑った。

「遺体が筵にくるまれてリヤカーで運ばれて行くのを、じいさん見ていたそうだ。その頃、秀浦に住んでたからな」

〈秀浦……？　滝下のばばちゃんと同じだ。でも、そうじゃなく……〉

茂和さんは、続けた。

「漁師をしていた自分のじいちゃんに、泣いて頼んだそうだよ。早く、助けに行ってくれって」

〈……？〉

「だけど、その時地元には三隻しか船がなくて。そのうちの一隻はエンジンがこわれていた。留萌の方からソ連の飛行機みたいのは飛んでくるし、潜水艦はすぐそこにいるし。たった二隻で出て行くのは危険だって、みんなにとめられたそうだな……」

浩太は、「ロスケが来たーっ」っていわれて裏山に逃げた滝下のばばちゃんを思いだす。

「新しいエンジンがようやく届いて、三隻そろって沖に出たのが夕方の五時頃だ」

〈あ、ドンコがいってたのはこれか？　でも、おれは「ひっぱられる」について聞きたいんだけど……〉

「その時にはもう海にはだれもいなくて、女の人の遺体を一つひろいあげただけだったそうだ。潮の流れかなあ、遺体はみんな北へ北へと流されていったそうだ。自分たちが住んでいた、樺太へでも帰ろうとしたのかなあ……」

茂和さんが言葉を切った時、湯気の立ったふかふかの蒸しパンとあたたかい牛乳を持って治子さんが入ってきた。

「さあ、おあがんなさい」

茂和さんはいうと、仏壇に立っておりんをチーンと鳴らした。

三人は、こんな時に蒸しパンを食べるのはなんだか気がひけた。でも、治子さんに何度もすすめられ、遠慮がちに手を伸ばした。

仏壇からもどった茂和さんは、治子さんに浩太の話を聞かせてる。

「そうなの、茂彦じいさんが……」

治子さんは、うなずいて何度も写真を見あげる。

浩太は、思いきって聞いてみた。

「あのう……、おじいさんに弟さんかいとこはいないんですか？」

茂和さんは、浩太を見て気の毒そうにいった。

「じいさんは末っ子でねぇ……。もうみんな、あちらで眠っているよ」

〈えっ？〉

蒸しパンを食べる、浩太の手がとまった。

〈どういうこと？　だって、おじいさんはちゃんと生きてたよ。おれに、話しかけたんだから……〉

とまどう浩太に、治子さんがやさしく話しかけた。

「びっくりしたでしょ。でも、こういう話はあるからねぇ……」

治子さんが、「これは、母さんに聞いた話なんだけど」といって話しはじめた。

「うちも漁師だったから、戦争が終わったのに攻撃されて沈められた船のことが忘れられなくてねぇ。三年後の八月二三日に、お寺で水仏を作ってもらって……。あ、水仏って

「わかる?」

「はい。薄い木の板ですね」

周平が、答える。

「そうそう、よく知ってるねぇ」

「こいつ、寺の息子なんです」

蒸しパンで周平をさしながら、悠人がいう。

「えっ、あの光泉寺の?　あのご住職の息子さんかい?」

「はい」

「まあ、それは」

「どうりで、お参りする姿が板についてるはずだ」

茂和さんと治子さんが、顔を見合わせ笑った。

治子さんが、続ける。

「で、その水仏をね、昔は今みたいに禁止されてなかったから花と一緒に丸い藁にのせて

海に流してやったの。みんなで海に向かって手を合わせて、家に帰ってお茶飲んでたらガ

ラガラって玄関の開くおっきな音がしたんだって。だれだろうと思って玄関を見ても、だれもいない。戸は、ちゃんと閉まってる。ドンドンって人が入ってくる足音までしたのにおかしいねぇって話していたら、母さんのばあちゃんがいったって。『こりゃあ仏さんが、お礼をいいに来たな』って。昔は、よくこんな話あったよねぇ」

治子さんは、茂和さんを見た。茂和さんが、ゆっくりとうなずいた。

「家族全員がその音聞いてるんだよねぇ、ふしぎだねぇ」

「はぁ……」

三人は、あいまいな返事をした。

微妙な表情の三人に、治子さんが話しかける。

「信じられないよねぇ」

茂和さんが、思いだしたようにいう。

「あれ、あの第二新興丸の話だってなあ」

「そうそう」

治子さんが、あいづちを打つ。

「第二新興丸は、知ってるかい？」

茂和さんが、三人に聞く。

「鬼鹿の浜に、一回ぐっとよってきた船でしょ？」

悠人が、すぐに答えた。いつもは人の話をほとんど聞いていないのに、香莉の話と滝下のばばちゃんの話はちゃんと覚えていたらしい。

「ほう、ほんとによく勉強してるなあ」

茂和さんが、目を細める。運動以外はめったにほめられたことのない悠人は、もう笑いがとまらない。

「第二新興丸は、船室の一つを撃ちぬかれていて。その穴から、波が来るたびに怪我人や死人がぱーっ、ぱーって吐きだされていくんだと。助かった人たちは、甲板で泣きながらその光景を見ていた。甲板で見てた人の中に、赤ちゃんを抱いてぼーっと立っている奥さんがいたんだって。近くの知り合いが、『あんた、その赤ん坊どうした？』って聞いたって。その奥さんに、子どもはいなかったからね。そしたら奥さん、『今、あの穴のあいた船室から女の人がすーっと出てきて、この子をあずけてまたもどっていった』っていうん

「だと」

〈えっ？〉

〈どういうこと？〉

「沈みかけた船室からどうやって出てきて、どうやって帰っていったもんだか……」

考えこむ茂和さんの横で、治子さんがしみじみいった。

「私ら普段目に見えるものしか信じないけど、神様でも見てて手をかしてくれたのかねえ……。そのお母さん、自分の命はしかたないと思ってもその子だけはどうしても死なすわけにはいかなかったんだわ。どんなにか、自分の手で育てたかったろうにねぇ」

治子さんは、腰の白いエプロンで顔をおおった。

茂和さんが、続ける。

「知り合いが『その赤ん坊、どうするつもりだ？』って聞いたら、奥さんは『縁あってあずかりした子だから、私が大事に育てます』っていったそうだ」

悠人が、持っていた二個目の蒸しパンをそーっと皿にもどした。

仏間に、急に海から風が吹きこんできたような気がした。

浩太は茂和さんと治子さんがおれたちをからかっているんじゃないかと思ったが、二人にそんな様子は見られなかった。

「遺族が訴えて、国は三〇年もたってから何回か泰東丸をさがしに来たけど沈没場所さえ見つけられなかった。国がすごすごひきあげていくのを見て、それなら自分たちでさがそうって地元が立ちあがって。じいさん、その時ダイバーとして参加したもな。あれ、五〇近かったんでないか？」

「四九歳」

治子さんが、答える。

「水深六〇メートルったら、二〇分も潜ったら潜水病になるきつい作業だ。だけどじいさん、最後まで潜るのやめなかったな。全国樺太連盟と協力しながらとうとう泰東丸を見つけて。そしたら急にマスコミが騒ぎだして。国も黙っていられなくてもう一回来たけど、たったの五日だもの。遺骨は、結局一つも見つけられなかった……」

ほおっ

三人の口から、小さなため息がもれた。

「泰東丸は半分以上砂にうまっていたから、政府の大がかりな船がないと遺骨は見つけられないんだ。あきらめるしかなかった。でもじいさん、もし今も浜を歩いているんだとしたら……」

茂和さんが、浩太を見た。

「きっと、あきらめきれなかったんだなぁ……」

そして、下を向いた。

「あの時すぐに救助の船を出していたら、もっとたくさんの人が助かったかもしれない。おそらく、そう思っていたんだ。口に出せば、みんなを責めることになる。だから、いえなかった。せめて、『ひっぱられる』っていう言葉で伝えようとしてたのかもしれないなぁ」

「だって、出て行きたくても行けなかったんだよ」

悠人が、さえぎるようにいった。

「ソ連の潜水艦がそこにいたんだし、飛行機も飛んできたんだ。小平の人たちは、国とは絶対ちがうよ！」

茂和さんは、やさしい目で悠人を見た。

「ありがとうな。でも、増毛ではすぐに船を出したし村上さんっていうえらい人もいたからなあ。村上さんは自分のお金をはたいて遺骨をさがし、何人もの遺族にかえしてやったそうだな」

「かと思ったら、筏に乗ってた男もいたしね……」

治子さんが、意味ありげにいう。

ん？ていう顔をする三人に、茂和さんが説明した。

「泰東丸が沈んだ時、一人で筏に乗っていた男がいたんだよ。その男は、筏に必死にすがりつこうとする人たちの手を棒で殴りつけて、つかまらせないようにしてたっていう話だな。鬼のような、形相だったそうだよ」

「ひっでぇ、やつっ」

悠人が、ふんがいする。

「でもねえ、戦争っていうのはそういうものなんだ。ひとたび戦争が起きたら私もそうなるかもしれないし、君たちだってなるかもしれない。人が人でいられなくなる、それが戦争なんだよ……」

茂和さんが、眉根をよせた。

「え？」

三人はおどろいて、茂和さんを見た。

「とにかく浩太くん、じいさんに会ってくれてありがとう」

茂和さんは、座り直して浩太に向き直った。

「……」

浩太は、返事ができなかった。

「よかった。ほんとうに、よかった」

茂和さんは、自分にいいきかすように何度もいった。それから仏壇を見て、さみしそうにつぶやいた。

「じいさん、私にはあらわれてくれないかもなぁ……」

三人は、蒸しパンと牛乳のお礼をいって丹野さんの家を出た。

ほんの一時間くらいのことなのに、ずいぶん長い間そこにいたような気がした。

重い足どりでとぼとぼと歩いてコンビニにさしかかった時、浩太はとつぜんくびすをかえした。

〈行かなくちゃ、海に……〉

周平と悠人を置いて、だっと駆けだす。

丹野さんの家の脇道をぬけ磯舟の引きこみ口を下り、浩太はひきよせられるように海に走った。

夕方の砂浜はすっかり人影が消え、あたり一面淡い紫の闇でおおわれていた。

浩太は、おじいさんがひざまずいていた波打ちぎわにたどりついて座った。

沖から、ひっそりとした風と一緒に波がひたひたと打ちよせる。

胸の底から、わけのわからない感情がこみあげてくる。

〈おじいさん、なぜおれなの……？　どうしてあの時、あらわれたの？〉

気がつくと浩太は、海に向かって叫んでた。

わーあっ

わーっ

うおーっ

おーっ

両側から、二つの声が混じる。

いつのまにか、悠人と周平が浩太をはさんで立っていた。

紫色の闇の中で海に伸びていく声は、三人のもののようであり沖からひびいてくる声

のようでもあった。

敦也と恐竜

今日の総合も、敦也が熱く語ってる。

「北海道がすごいって、一番知らないのが北海道民なんだ。この前、香莉さんが群馬と福井が恐竜王国っていってたけど、ぼくはこれからは北海道が世界の恐竜王国になると思う」

〈世界？〉

敦也の話は、スケールがちがう。

「群馬と福井は陸の地層からしか恐竜が出ないけど、北海道は昔ほとんどが海の底だったから海の地層から恐竜が出るんだ。こういう場所は、世界じゅうさがしてもめったにない。当然、アンモナイトもたくさん発掘される。アンモナイトは時代によって形や種類がちがうから、もし同じ地層に恐竜の化石があればそれがいつの時代のものかすぐにわかるんだ。だから北海道は、今、世界的にものすごく注目されているんだよ」

女子の目は、あいかわらず敦也に吸いよせられている。

「アイヌ語から名づけられたむかわ竜のカムイサウルス・ジャポニクスは『日本の竜の神』っていう意味だけど、最初に見つけたのは学者でも大学の研究チームでもなく穂別の元郵便局員堀田良幸さんだ。ぼくは、本物の恐竜の骨も見たことがあるけど……」

「骨」と聞いたとたんに、礼奈が首をすくめる。

「何万年も前の骨なのに、なぜかあたたかいと思った。なんか、まだ生きてるって思ったんだ……」

ん?

女子はふんふん聞いているけど、浩太は敦也のいう意味がわからない。

死んでるのに、生きてる……？　どういうこと？

いつも冷静でたしかなことしかいわないのに、恐竜のことになるとどうやら敦也は敦也でなくなるらしい。浩太は、敦也がだんだん手の届かないところへ行ってしまう気がした。

「堀田さんは、こんなことをいっている。『アンモナイトはさがそうと思えばさがせるけど、恐竜の化石はそうはいかない』って。ぼくは、もしかしたら恐竜は見つけてもらう人を自分で選ぶんじゃないかって思うんだ」

「おうっ」

教室に、どよめきが起こる。

「きゃっ」

女子なんか、軽い悲鳴まであげてる。

枝里子先生も興奮ぎみに、

「すごいわ、敦也くん」

なんていってる。

敦也が、きっぱりという。

「ということは、ぼくたちが恐竜に選ばれる可能性だって絶対あるってことだ」

教室に、大拍手が起こる。

礼奈の恐がりも、拍手の渦に巻かれていく。

五年生のテーマはこれで決まりだと、浩太は思った。

「はいっ」

その時、大志が手をあげた。

このタイミングでいったい何をいうのかと思ったら、大志はこういいだした。

「ぼくは、泰東丸が沈んだ時になぜすぐ救助の船を出さなかったのかということについて調べました」

へっ？

敦也の演説にすっかりいい気分になっていた女子たちが、いっせいに大志にしらけた目を向ける。礼奈の恐がりもそうだが、大志が空気を読まないのもかなりだ。でも、女子の無言の攻撃なんか大志には通じない。

「泰東丸が沈んだのが朝の九時五五分で、地元の漁船三隻が救助に向かったのが午後五時。七時間もたってます」

大志が、香莉をちらちら見ながらいう。これは、もともと香莉が持ちだした疑問だからだ。さすがの大志も、香莉だけは気になるらしい。

「その間、いったい何をしてたんだろう？ それは、父さんもわからないっていってました」

　浩太、周平、悠人は、顔を見合わせた。茂和さんの話を聞いている三人は、すでにその理由を知っている。

　香莉は、なぜか黙ってる。疑問をそのままにしておく香莉じゃない、当然調べていないはずがない。

「ぼくは、ひどいと思いました。目の前の海に投げだされたたくさんの人がいるのに、助けに行かないなんて。よく、そんなことができたって……」

　大志がいった時、教室にするどい声が起こった。

「だって、ソ連の潜水艦がそこにいたんだぞっ」

　みんなが、いっせいに声の方を見る。

　悠人だ。

「出ていったら、自分もやられるんだ。そんな時、おまえなら出ていけるのか？」

　悠人が、大志をにらみつける。大志は、びっくりして悠人を見た。

「留萌の方から、ソ連の飛行機らしいのだって飛んできたんだ……。なのに、出ていける

106

「かよ」

悠人はもう、泣きそうになっている。

浩太は、あわててみんなに説明した。滝下のばばちゃんが山に逃げてずっとかくれてい

たこと、丹野さんの家に行ったこと……。

でも、茂彦おじいさんのことはいえなかった。

「自分が死ぬかもしれないのに、助けに行けたのかっておれも思う」

浩太がいうと、

「おれも」

周平が怒ったようにいった。

恐竜でわきあがっていた教室に、いっきに気まずい空気が流れる。

枝里子先生がゆっくりと机の間を進んで、「恐竜の骨」の時からずっと首をすくめたま

まの礼奈の肩に手を置いた。香莉は、まだ何もいわない。

敦也を見ると、背中がこわばっている。

〈恐竜に、話をもどそうよ〉

107

そう、いいたいにちがいない。

教室を、息苦しさが支配する。

〈何か、いわなきゃ……〉

浩太はあせったが、何も思いつかない。

枝里子先生が、黒板にきれいな字で「ひっぱられる」（泰東丸）、「恐竜」（しべ川）と書いた。

「どうやら、テーマはこの二つにしぼられてきたようね。ほかに、調べてみたいことはある？」

枝里子先生が聞いても、だれの手もあがらない。

「じゃあ、このどちらかにしましょうか」

浩太は、ごくんとつばを飲みこんだ。

〈これから、敦也とのほんとの戦いがはじまる……〉

「では」

枝里子先生が多数決をとろうとした時、すっと香莉の手があがった。

「結局、同じよね」

えっ？

何が？

みんな、首をかしげる。

「どっちも、昔、小平で起きたことよね……。私たちは自分が生きてる今しかわかんない
けど、今はただの今じゃなくて昔につながった今なのね」

ん……？　わかったような、わからないような？

悠人が大げさに両手を広げて、「さっぱりわからん」のポーズをする。

香莉は、続けた。

「敦也のいうとおり、自分たちが住んでいるこの地球を恐竜が歩いてたって思うと、なん
か大きな時の流れがぐーんと迫ってくる気がする」

〈敦也？　よ、呼びすて……〉

女子の目が、とたんにけわしくなる。

「でもね、私はやっぱり、もしソ連が留萌から上陸してきていたらおじいちゃんおばあ

ちゃんは殺されて、そしたら父さん母さんはいなくて、私たちも生まれてなかったってこと、すごくショックだったんだ。恐竜はたぶん自然現象で滅んだけど、この海を通った人たちは同じ人間に殺された……。しかも、たった何時間かのちがいでだよ」

香莉が、肩をいからせる。

「丹野さんはうちの近所だけど、おじいちゃんがダイバーだったなんてぜんぜん知らなかった。知らないって、すごくいやだなって思った。浩太たち、よく調べたと思うよ」

香莉は、結んだ髪をひゅんとゆらしてすとんと座った。

へっ？

もしかして、ドンコにほめられた……？　意外すぎて、うれしくない。しかも、呼びすて……。

枝里子先生が、にこにこしながら問いかける。

「さあ、どうしましょう？」

枝里子先生は、おれたちが悩みはじめるとなんだかいつもうれしそうだ。

浩太は、思った。

〈多数決になったら、女子を味方にしている敦也の意見が通るだろう。だったら、結果は

もう恐竜に決まってる……〉

「その様子では、すぐに決められそうもないわね。じゃあ、この次までに考えてくること

にしましょうか?」

枝里子先生が黒板を消しはじめた時、敦也が手をあげた。

敦也は立ちあがり、ゆっくりと教室を見まわす。

「みんなもう知ってるかもしれないけど、恐竜は今でも生きているんだよ」

「えっ?」

「何?」

「どういうこと?」

「恐竜」と「ひっぱられる」の間を行ったり来たりしていた教室が、いっきに恐竜の世界

へひきもどされる。

敦也は、落ちついて答えた。

「鳥だよ。鳥は、じつは恐竜なんだ」

「なにぃ？」

「鳥類は、ティラノサウルスなどが属する獣脚類が進化したものなんだ。だから、鳥は恐竜そのものといっていいんだよ」

「ひえぇ」

「おれたち、恐竜食ってんの？」

みんなは、大騒ぎだ。

敦也は、静かに続けた。

「恐竜って、調べれば調べるほどおもしろい。人類は誕生してからまだ五〇〇万年だけど、恐竜の歴史は一億六四〇〇万年も続いた。どうしてそんなに長い間生きつづけることができたのかとか、どうやってあの何トンもの重い体を維持できたかなんて、解明すれば人類にとってすごく重要な情報が得られるんだ」

「へえぇ」

みんな、感心して聞いている。

「だから、恐竜の研究は人類の未来につながる大事な研究なんだよ」

浩太は、いたたまれなくなってきた。

〈敦也、もういいよそんなにがんばらなくても。おれたちは、恐竜でいいから……〉

そう思って悠人と周平を見ると、

〈ああ〉

〈いいぞ〉

二人の目もそういっていた。

敦也は、まだ続けた。

「ぼくは、できればみんなと一緒に恐竜について調べたい」

浩太は、それ以上見ていられなくて目をつむった。

「でも……」

敦也の声の調子が、変わった。

「香莉さんがいうように、ぼくも『知らない』っていやだなって思う。ぼくらが毎日見ているこの海でたくさんの人が亡くなったなんて、知らなかった……」

敦也は、ちょっと黙った。それから顔をあげて、はっきりいった。

「だから、五年生で取り組むテーマは『ひっぱられる』だよ」

〈えっ？〉

聞きまちがいか、と思った。

〈そんなこと、いっていいの……？〉

浩太は、敦也をじっと見た。

悠人と周平も、敦也の背中を見つめてる。

教室のどこかで、小さな拍手が起こった。

拍手は静かな波のように、教室じゅうに広がった。

放課後、四人は並んで堤防に腰かけていた。

「ごめん」なんて、だれもいわなかった。

いわなくても、四人は元のままの四人だった。

浩太は、茂彦おじいさんのことを敦也に話して聞かせた。

〈信じて、くれるだろうか……？〉

どきどきしながら話し終えると、

敦也がいった。

「すごいなあ」

「ぼくも、一緒にいたかった……」

悠人と周平が、両側から敦也の肩を抱く。

「蒸しパン、食べたかったな……」

敦也が、つぶやく。

「えっ？」

「そっち？」

悠人と周平が、あきれて手をほどく。

軽やかな波の音を連れて、沖からやわらかい風が吹いてくる。

「浩太は、おじいさんに選ばれたんだな……」

敦也が、ぽつんという。

「えっ？」

浩太にかまわず、敦也は勝手に気合いを入れる。

「よおしっ、ぼくもあきらめないぞ。何年かかっても、絶対恐竜に選ばれてやるんだっ」

それからみんなを見まわし、

「だって、『小平小学校五年生、新発見』より『小平町の岩永敦也くん、新発見』の方が

ずっといいよね？」

いたずらっぽく笑った。

「なんだよこいつ、そっちかよ」

悠人と周平が、両側からこづく。

「大発見してぼくが有名になったら、みんなで会いに来てよ」

敦也は、胸をそり返す。

「何、いってんだ」

「おれたちも、混ぜろよ」

「そうだよ」

みんな、口々にいう。

「よーしっ、四人で恐竜見つけて新聞にのるぞー！」

悠人が、海にこぶしをつきだす。

「やめてよ、ぼく一人でのるんだから」

「なんだよ、一緒にのせろよっ」

「いやだっ」

「のせろっ」

「だめっ」

　ハハハハッ

　ハハッ

　四人の笑い声が、風を押しかえして海へと流れていった。

辻井コーチの特別授業

七月の半ば、辻井コーチの特別授業が行われた。

「壁新聞ができたら、保護者の方に見てもらいましょうね」

という枝里子先生に、

「じゃあ一度、コーチの話を聞いておこうよ」

と、おれたちが頼んだんだ。

二階の視聴覚教室には、なぜか六年生も来てる。列の中には、もちろん宗太兄ちゃんも。

どうやら角バンこと角田先生が、せっかくだから一緒にと枝里子先生に頼みこんだらしい。

おまけに、酒田もいる。酒の田村、みんなは略して酒田と呼ぶ。酒田、つまり大志の父さんは慣れた手つきでパソコンを操作している。角バンはマイクをセットしたり準備室か

119

らコードをひっぱったり、ちょこまかといそがしい。

辻井コーチはいつものトレーニングウェアじゃなく、スーツにネクタイだ。変な感じ。

後ろ向きにかぶってる野球帽のバンドの跡が、真っ黒に日焼けしたおでこにくっきり白

い線を残してる。酒田は店では見かけないしゃれたシャツ、角バンはいつでもどこでも赤

ジャージだ。

「まさか、泰東丸で呼ばれるとは思っていなかったからうれしいよ。みんなは、前から興

味があったの？」

コーチが、話しだす。

「ちがうよ。枝里子先生が四年生で調べた小平町のことを一つのテーマにしぼって調べま

しょうっていって、浩太が『なんで、海に行ったらひっぱられるっていうの？』っていっ

て、それから香莉が『死体が流れついた』って……」

まとまらなくなった悠人の話を、コーチがひきうける。

「えらいなあ。ぼくは、君たちにくらべたらずっと遅れていたな。ぼくがこの事件を知っ

たのは、じつは大人になってからなんだ」

〈へっ？〉

物知りのコーチが、こんなことをいうなんて意外だった。

「花田の番屋前の碑は、知っていたよ。でもそんな事件があったっていうだけでそれ以上のことは知らなかった。これじゃいけないと思って、何年か前から田村くんと一緒に調べはじめたんだ。途中から、角田先生にも加わってもらったけどね」

辻井コーチの口から「田村くん」という言葉が出た時、大志は得意満面でみんなを見まわした。

「今日の主役は、酒田じゃないのに……」

周平が、小声でささやく。

黒板に設置されたスクリーンに、北海道と樺太の地図が大きく映しだされる。

「樺太はねえ、それはきれいなところだったらしいね。深い森がどこまでも続いて、質の良い石炭がたくさん採れた。森は豊かな海を生み、ニシンやサケの漁場がふんだんに広がった。スズランやクロユリ、リュウキンカ、チシマフウロなど、あらゆる野の花が咲いて島じゅう花園のようだったっていうな」

「ふうん」

コーチは胸ポケットからレーザーポインターを取りだして、樺太の真ん中をなぞった。

「北緯五〇度線、みんなはまだ習っていないかな？　昔、日ソ中立条約っていう国際法があって、この線から北はソ連、南は日本と決められていたんだ。だからソ連は、この線をこえて勝手に侵入してくることはできなかった。南樺太には、当時四〇万もの日本人が暮らしていたんだよ」

「へえ」

レーザーポインターが北緯五〇度線をはなれ、南樺太を大きな丸でかこんだ。

「太平洋戦争が終わったのは、いつかわかる？」

コーチが、ふりむいて聞く。

「一九四五年、八月一五日っ」

大志が、すかさず答える。父さんになんとかいいとこ見せようと必死な大志に、皮肉の天才も案外子どもだと浩太は思った。

「ソ連は、正確にいうともう存在しない国だから旧ソ連だけどね、日本の敗戦がはっきりしていた八月九日にこの国境線をこえていきなり攻めこんできたんだ」

「えっ？」

「なんで？」

「国際法が、あったのに？」

みんなが、いう。

コーチは、うなずきながら続けた。

「そこで暮らしていた人たちは、荷物をまとめるひまもなく弾がびゅんびゅん飛びかう中を夢中で逃げた。男たちは戦うために残ったから、女の人と子どもと老人で食べものもなく夜寝ることもできずに何日も歩きつづけたんだ」

礼奈が、ここでもうふるえだす。

「国境近くの村から日本への船が出る大泊まで、四〇〇キロ以上。北海道でいうと、稚内から室蘭くらいだな」

レーザーポインターの光が、稚内から室蘭までをゆっくりとたどる。浩太は、気の遠くなるような距離だと思った。

「中には、病気の人やお腹の大きい人もいるしょ？　だから、途中で出産してしまうお母さんもいたんだ。でも、お母さんは生まれたばかりの赤ちゃんをそこに置いて逃げるしかなかった」

「えっ、なんで？」

女子たちが、顔をしかめる。

「赤ちゃんは、泣くしょ。泣いたらソ連兵に見つかって、みんな殺されてしまう。だから、連れてはいけなかったんだ……。お母さんの着物にくるまれた赤ちゃんが、道端に何人も捨てられていたっていうな」

視聴覚教室から、音が消えた。

悠人が、おそるおそる聞く。

「その赤ちゃん……、どうなったの？」

「だんだん弱って、泣き声も小さくなって……。そこで、亡くなっていったんだ」

礼奈が、とうとう頭を抱えて机につっぷした。

おれたちは、特別授業が決まった時何度も話しあった。もしかしたら、つらい話も聞かなければならないからだ。枝里子先生は礼奈の気持ちをていねいに聞いたし、礼奈のお母さんにも授業の内容を伝えて相談した。でも、礼奈は最後には自分で「参加する」といっ
たんだ。なのに……。

横につきそっていた保健の先生が、抱きかかえるようにして礼奈を外に連れだす。

みんなは、ため息まじりに礼奈の背中を見送った。


「ソ連は、ひきょうですっ」

大志が、いう。


「そうだね」

「許せないっ」

「うん」

コーチは、いちいちうなずいた。


「でもね、戦争ってそういうものなんだよ。日本もその前の日露戦争、ソ連から見れば露日戦争っていうことになるけどね、宣戦布告をせずにいきなり攻撃をはじめてる。樺太は、ソ連からうばいとった土地なんだ」

「えっ？」

大志は、黙った。

「それだけじゃない。領土拡大や資源確保のために、中国や朝鮮、東南アジアにまで攻め

こんでる」

みんな、顔を見合わせひそひそいあう。

「知ってた？」

「いや……」

「日本、そんなことをしたの？」

コーチは、みんなを見まわしながらいった。

「君たちはこれから大きくなって、日本が起こした戦争について学んでいくと思うけど、

もし学校の先生が教えてくれなかったら自分でちゃんと調べるんだよ」

コーチにはめずらしく、強い口調だった。

浩太は、何かを知るとまた一つ知らないことがふえると思った。

コーチが、泰東丸の説明に入る。

「クジラのような真っ黒い潜水艦が後ろに浮上したのが九時四〇分、ハッチが開いてばらばらっとソ連兵が飛びだした」

ドーン

ドーン

鼻先に、水柱が上がる。

〈これが、滝下のばばちゃんがドングイの葉っぱのすき間から見た水柱か……〉

泰東丸はエンジンを停止して、食堂のテーブルクロスやシーツを白旗がわりに必死にふった。抵抗する意思がないことを、しめすためだ。潜水艦は、進路をふさぐようにゆっくりと泰東丸の前に回りこんだ。そして、砲が火を吹いた。

船倉は食糧難の日本へ持ちかえる米でいっぱいだったから、ほとんどの人は甲板にいた。甲板は、血の海だったそうだ。もがれた人の手や胴体が転がり、目の前でお母さんや子どもを亡くした人たちが泣き叫ぶ。ソ連兵はその人たちに向かって、銃掃射を浴びせた。笑っているように、見えたそうだ。

犠牲者は六七〇人で、遺族の元にかえされた遺骨が四〇ほど。七時間以上漂流して偶然通りかかった軍艦にすくいあげられた人たちもいるけど、おそらく残り五〇〇人以上は今も泰東丸と一緒に鬼鹿の海に沈んでいるんだ。

コーチは、苦しそうな表情を浮かべた。

ドン　ドン　ドンッ

機関室から、音がする。

前の晩ふった雨でびしょぬれになってしまった体を服ごと乾かそうと、機関室にいて閉じこめられてしまった子どもたちだ。

「助けてーっ」

「だれか、あけてーっ」

泣き叫んでドアを叩く子どもたちを、助けに行きたくても身動きがとれない。

「沈むぞーっ！　早く逃げろーっ」

傾いた甲板から、ほうきで掃かれたようにばらばらと人がこぼれおちていく。

「一緒に、死ねるね」

そういって子どもたちと手をつなぎ、海に落ちたお母さんがいた。おびただしい数の浮遊物をかきわけて海面に顔を出したら、子どもが次々に浮かんできた。みんなで、近くにあった板にすがりつく。でも、子どもには力がない。波が来るたびに一人、また一人と海にのまれていく。目の前で波にさらわれていく子どもたちを見ながら、お母さんはどうることもできなかった。

はぁ……

あちこちから、ため息がもれる。

浩太は視聴覚教室の窓から、くもり空を映して遠くに薄く光る海を見た。

海の上を行く三つの船の姿が、そこに見える気がした。

授業が終わりに近づいた頃、大志が質問した。

「小平の人たちは、なぜすぐ助けに行かなかったんですか？」

「増毛の方では、すぐに救助の船を出したんでしょ？」

悠人も、聞いた。

コーチは、少しおどろいた顔をした。

「君たち、そこまで調べているのか……」

言葉を選びながら、コーチが話しはじめた。

「増毛と小平のちがいは、こうなんだ……」

増毛町別苅の浜には、海霧のかかった海から五〇人ほどが乗ったボートがあらわれた。

小笠原丸から、投げだされた人たちだ。浜の人たちはずぶぬれの異様な格好に、最初外国人が流れついたのかと思って気味悪がった。寒さでがたがたと歯の根の合わない口で、漂流者たちは口々に訴えた。

「沖にまだ何人も漂流している、助けに行ってやってくれ」

尻込みする漁民に、漂流者がつけくわえる。

「潜水艦は、もうはなれてどこかへ行ってしまった」

浜から、すぐに二隻の漁船が出た。続いて、小手繰り船と呼ばれる小型船四五隻も銃弾よけの畳を舳先に立てておっかなびっくり海へ出た。

「増毛に流れついたこの救命ボートが、小平町には着かなかったんだよ。だから小平の人たちは、沖で何が起こったかを知ることはできなかった……」

コーチは、ため息をついた。

「だけど、すぐに船を出そうとした人はいたんだよ。でも、いろんな事情がかさなって夕方になってしまったんだ」

敦也が、こっちを見てうなずいた。敦也は、浩太が聞かせた茂和さんの話をちゃんと覚えているんだ。

「増毛に、村上さんっていう人がいたって聞きました」

浩太が、いう。

「ああ、村上高徳さんね。それも、丹野さんに聞いたの?」

「はい」

「やるなあ」

コーチが笑うと、六年生の列から宗太兄ちゃんがじとっとこっちを見た。

「村上さんは、前の日まで稚内港で兵隊として働いていたんだ。入港してきた小笠原丸がそのまま小樽へ向かうと聞いて、村上さんは自分たちの昼食用に配られたお米を炊いて届けた。ところが、翌日増毛にもどってみると小笠原丸は沈んでいたんだ」

〈え……〉

「村上さんは、もともと増毛で雑貨屋をしていてね、このあと、店にろうそくを買いに来る人が急にふえたんだって。その人たちは浜でろうそくを灯して一日じゅう遺品をさがすんだけど、何も見つけられなくてね。日が暮れる頃、代わりに浜の小石を一つハンカチに包んでしょんぼり帰っていくのをかわいそうに思ってね。自分の貯金をはたいて二年がかりで遺骨をひきあげ、六〇〇人以上の遺族にかえしてあげたんだよ。スタンドプレーだとか船の部品をお金に換えるんだとか、陰口をいう人もいた。町にかけあっても戦後の混乱期だ、何もしてくれない……」

おだやかだったコーチの口調が、はげしくなる。

「国だって、ひどいよ。いまだにこの事件についてロシアに抗議もしていないし、調査依頼さえしていない。七月二六日のポツダム宣言を受けいれていれば、原爆も落とされずソ連参戦もなかった。ここを通る三つの船だって、攻撃されずにすんだかもしれないのに。ほんの一にぎりの上層部の思惑で一七〇八人もが犠牲になったのに、だれも責任を取らないどころかいまだに海の底に放っておかれ見殺しにされたままだ」

浩太は、こんなにぺらぺらとしゃべるコーチを見るのははじめてだった。

「政府や軍隊は、いざとなったら国民を守らない。一度戦争が起こってしまえば、真っ先に犠牲になるのは私たち一般市民なんだっ」

コーチのおでこに残った、野球帽のバンドの跡が赤くなってる。

酒田が、パソコンの前でじっと聞いている。

角バンも、息をひそめてコーチを見ていた。

だれも、口を開かなかった。

海の底みたいな沈黙の中に、浩太もただ黙っているしかなかった。

特別授業が終わった夜、空にたった一つのかけるところもない大きな月がのぼった。

浩太の中で、コーチの話はまだ続いていた。

「戦争って、そういうものなんだ……」

茂和さんも、そういっていた。

人が、人でいられなくなる……。

〈戦争って……、恐いな〉

と、浩太は思った。

押し入れから貝の箱を取りだして、浩太は昼間のように明るい庭に出た。

テラスに箱を並べ、貝を月の光にあてた。

黒いの、茶色いの、大きいの、赤ちゃんみたいなの……。頰がしびれるほど冷たかった

春の日、何も知らずにひろってた。

三つの船合わせて、一七〇八人……。

名前も知られず、まだたくさんの人が海の底に沈んでる。

箱から、ユニコーンの角を取りだす。あたたかい月の光が、ユニコーンの角をなでる。

浩太の手の中で、貝はまるで自らが放つようにぼうっと明るく光った。

〈もしかしてこれ……、南の方から来た人かな?〉

浩太には、貝の一つ一つが海に沈んだ人たちの代わりに何かを伝えに来たように思えてならなかった。

助けて。

ここに、いる……。

〈人って、体はなくなっても心はなくならないのかなあ……〉

浩太は、月の光が海の底にも届けばいいと思った。

そして、海の底を明るく照らしてほしい。

その夜、浩太は月の光の中でいつまでも貝たちを見ていた。

礼奈の父さん

トゥルル　ルル

浩太が庭にいた頃、校長先生の家で電話が鳴っていた。

「はい、早坂です」

校長先生が、受話器を取る。

「新木ですが……」

電話は、礼奈の父さんからだった。

要するに、娘を恐がらせる授業をするなんて何事だという抗議の電話だった。

「職員にどんな教育をしているんだって、いってやったんだ」

キャベツ農家の礼奈の父さんは、悠人のじっちゃんの店で息まいた。

「そんなこと、いったってよぉ……」

学校帰り、堤防に腰かけて悠人が口をとがらせる。

「礼奈なんか、ハエが飛んできたって大騒ぎするやつだぞ。いつだったか、教室にトンボが入ってきたときなんかすごかったべ。トンボの方が、よっぽど恐かったっての」

「あいつの家、農家だろ。ハエだってトンボだっているのに、どうやって暮らしてんだろ？」

周平が、聞く。

「さあ？」

四人は、首をかしげた。

「礼奈につきあってたら、おれたちなんもできないな」

周平がため息まじりにいう。

「うん……」

今日は雲にかくれる暑寒別岳を見ながら、浩太が心配そうにつぶやく。

「枝里子先生……、大丈夫かなあ？　校長先生に呼ばれて、怒られたりしないよな？」

「えっ？」

四人は、いっきにしゅーんとなってしまった。

しゃーあ

ささーん

海鳴りが、知らぬげに四人の間を通りぬけていく。

悠人が、いう。

「だって、おれたちがいいだしたんだぞ。『ひっぱられる』ってなんだ？・って」

「うん」

みんな、そろってうなずいた。

正確にいうと、最初にいいだしたのは浩太だ。でも、悠人の中ではいつのまにか「おれたち」になっていて、そのことをだれもふしぎに思わなかった。

「おれたち、知りたいと思っちゃいけないってこと？」

「ちがうよ」

みんな、いっせいに首をふる。

「じゃあ、なんでだ？」

「うーん……？」

だれも、返事ができない。

しゃーん

ささぁー

敦也が、いう。

「辻井コーチに、相談してみる……？」

「ん？」

「そうだなぁ……」

「そうするか？」

「うん、そうしよう！」

四人は、辻井石油に向かって歩きだした。

「礼奈の父さん、ひどいよ！」

悠人が、事務所で口をとがらせる。

「枝里子先生は、礼奈とちゃんと話したんだよ。礼奈の母さんにも、相談したし」

周平も、頬をふくらませる。

二人とも、コーチに敬語を使うのをすっかり忘れてた。

「礼奈は、自分で参加するっていったんだ」

浩太がいった時、コップをのせたトレーを持ってドンコが入ってきた。

みんな、いっせいに黙った。ここが、ドンコの家であるのを忘れてた。

学校ではいつもパンツ姿のドンコが、スカートをはいている。

〈スカート……？〉

四人は、気まずくなって下を向く。

「さあ、飲みなさい。香莉がいつも作ってくれる増毛のリンゴジュースだ、おいしいよ」

コーチが、いう。

増毛町は、フルーツの産地だ。リンゴ、梨、さくらんぼ、ぶどう、暑寒別岳のふもとに

はたくさんの果樹園が広がっている。

四人は、トレーの上のジュースを見た。

ドンコが作った、リンゴジュース……。

もじもじしている四人を残し、ドンコは結んだ髪をびゅいんといわせてさっさと事務所

を出ていった。

「うんめっ」

ちゃっかり先に口をつけた、悠人が叫んだ。

「ほんとだぁ、ほんものの味がするっ」

周平も、おどろく。寺の子は、ほんものの味がわかるのか？

飲んでみると、浩太の口の中にもまあるい甘みがふわっと広がった。増毛のフルーツ

は、甘さに角がなくてとてもやさしい味がする。

コーチは、にこにこしながらいった。

「枝里子先生は、大丈夫だよ。やさしそうな人ほど、芯が強いっていうだろ？　それに角田さんの話では、校長は先生たちに自由に活動させて責任は自分が取るというタイプらしいよ」

「へええ」

「校長先生、かっけぇな」

四人は、ちょっと安心した。

浩太は、まだ心配だった。

「でも、礼奈の父さんこのままおとなしくなるかなあ？」

「新木さん、きっとかわいくてたまらないんだな。礼奈ちゃんのこと」

コーチが、いう。

「一人っ子だし、歳とって生まれたからね」

「だからって、自分の子どもだけ考えてそれでいいの？」

悠人が、ふんがいする。

「そうだよ。礼奈も礼奈だ、五年にもなって」

周平も、不満をぶつけた。

コーチは、とりなすようにいった。

「礼奈ちゃん、がんばってるんじゃないか？　一度は、自分から参加するっていったんでしょ。ずいぶん、悩んだと思うよ」

「自分で決めたんなら、最後までちゃんとやればいいじゃないかっ」

四人は、いっせいに抗議した。

「まあ、まあ」

コーチが、なだめる。

「人ってね、そんなに簡単にいくものじゃないさ。決心しても、体がどうしてもいうことをきかないことってあるよ。それに最初から簡単にできちゃう人より、できなくてできなくて苦労しながら覚えた人の方が、最後にはずっと良くなるってことあるからなあ」

「だってぇ……」

四人は、まだぜんぜん納得できない。

「悠人だって、そうだろ？」

コーチが、とつぜん話を変えた。

「えっ？」

「ドリブルもリフティングも上手で最初からレギュラーだったけど、試合しながらものす

ごく考えてるだろ。家で、そうとう練習してるんじゃないか？」

「えーっ？ そうなの？」

「最初から、できると思ってた！」

浩太と周平が、同時に叫ぶ。

「生まれつきの才能、ってのもあるけどね。それだけじゃ、あのボールさばきはできない

よ」

「まじー？」

「お前、ぜんぜんそんなこといってなかったじゃないか」

浩太と周平が、両側から悠人をこづく。

「聞かれてないし……、サッカー好きだし……」

悠人は、恥ずかしそうにちぢこまった。

コーチはそのあと次々に、四人の良いところやクセ、これからどうしたらいいかなどを話しはじめた。四人は、いつのまにか背筋をぴんと伸ばして敬語を使っていた。礼奈の父さんの話は、いつのまにかサッカーの反省会に変わっていた。

「ほら、ここな……」

DVDを持ちだしてきたコーチの話は、なかなか終わらない。

「ただいま」

その時、出かけていた奥さんが帰ってきた。

残りのリンゴジュースも飲めずにかしこまっていた四人は、ほっとして肩の力をぬいた。

「まあ、私たちも今、そのことを話してきたとこよ」

奥さんは、四人を見ていった。

礼奈の父さんのことはお母さんたちにも伝わっていて、何人かが集まって今まで話していたそうだ。

「どうだった？」

コーチが、聞いた。

「それがね、びっくりしたんだけど、そもそもこの事件を知らない人が多かったのよ」

〈えっ？　大人もそうなのか……？〉

浩太は、おどろいた。

「だろうな、ちゃんと伝えられてこなかったからなあ。戦争の話は暗いし悲惨だし、結論はたった一つ、『戦争をしてはいけません』。そんな決まりきった話、だれも聞きたくないよなぁ」

コーチが、いった。

「でもね、たった一人だけいたの。私、おばあちゃんに聞いたことがありますっていう人が」

奥さんは、意味ありげにみんなを見まわした。

「えっ？」

「だれ？」

四人は、思わず身を乗りだす。

「その人、『おばあちゃんが一一歳の時っていうから、ちょうど浩太と同じ五年生だったんですねえ』って」

奥さんは、にっこり笑った。

「んっ？　ってことは……？」

みんなが、いっせいに浩太を見る。

「あの子が『どうして、ひっぱられるっていうの？』って聞いた時、ちゃんと話してやればよかったってお母さん後悔していたわ」

奥さんは、なぐさめるようにいった。

〈知ってたのか……〉

浩太は、なんだかうらぎられた気分だった。

家に帰ると、顔を見るなり母さんがいいわけをはじめた。

「ごめんね。でも、おばあちゃんがそういってたってだけで母さんもくわしいことは知らなかったのよ。それに、まさか浩太たちがそんなに真剣に調べてるなんて思わなかったの」

〈なんだ、それ……〉

大人って、いっつもそうだ。子どもには「ちゃんと話を聞きなさい」とかいうくせに、自分たちは子どもの話をぜんぜん聞いてない。おかしいだろ、そんなの。

浩太がむくれていると、母さんはさらにあせって話しはじめた。

「おばあちゃんね、その頃留萌の瀬越浜に住んでてね。ほら、黄金岬の向こうに浜があるでしょ。戦争で物のない時代に、お母さんが自分の絽の着物をほどいてワンピースを作ってくれたんだって」

〈……〉

「絽って、夏に着る薄くて涼しい着物のことよ」

母さんは、浩太をのぞきこみながら続ける。

「ピンクで、腰に大きなリボンまでついてたって。戦争は終わったしきれいな服は着てるし。おばあちゃんうれしくなって、スキップしながら浜へ駆けてったそうよ。でも、浜に

着いたおばあちゃんは飛びあがってしまったの」

〈なんで？〉

「瀬越浜から黄金岬の方までずらーっと、何列にもなって死体が並べられていたんですっ
て」

「え？」

浩太は、思わず母さんを見た。

「おばあちゃん、びっくりぎょうてんしてどこをどう走ったかもわからずもどってきただ
け、その時の光景は今も頭に焼きついてはなれないっていってたわ」

〈母さんのおばあちゃん……、ってことはおれのひいおばあちゃん？　茂彦おじいさんと、
おんなじ光景見てたのか……〉

浩太は、自分のすぐ身近な人がそれを見ていたことにおどろいた。

「たぶん、それは第二新興丸の人たちだな」

ちょうど帰宅して、郵便局の制服を脱いでいた父さんがわりこんできた。

〈父さんも、知ってた……〉

「留萌では船が着岸した南岸壁だけでは並べきれずに、向かいのコタン浜にも遺体を並べたっていうから、おそらく瀬越浜にも並べられたんだろうな」

父さんは、留萌の郵便局に勤めていた時にその話を聞いたらしい。

「留萌の人たちは、船からおりた三〇〇〇人もの生存者を何人かずつ自分の家にひきとってお世話したんだよ。物のない時代に、お正月のためにとっておいた白い米を炊いて食べさせたそうだ。こういう話は、子どもにはなかなかいづらくてな」

父さんも、やっぱりいいわけをした。でも浩太は、まったく別のことを考えていた。

〈穴のあいた船室から赤ちゃんを抱いて出てきた女の人……、あの人はその中にいたんだろうか……？〉

ひいおばあちゃんが見たという、浜の光景がちらつく。

あの人は、最後まで赤ちゃんをはなさなかった……。

必死で逃げて、ようやく船に乗って。北海道が見えた時、どんなにほっとしただろう。

「あと少しで帰れる」、そう思ったにちがいない。

なのに……。

浩太は、父さんと母さんの話に生返事をして部屋にひきあげた。

〈結局、何もできなかったのは小平だけか……〉

「許してくれろーっ」

砂浜で、大声で泣いていた茂彦おじいさんを思いだす。

浩太は押し入れから貝の箱を取りだして、綿の中に並んだ貝をじっと見た。

夏休み。

礼奈の父さんは、なぜかそれ以上騒ぐことはなかった。でも礼奈は、礼奈の父さんが校長先生に電話した翌日から学校には姿を見せなかった。

午前中、サッカー練習を終えた四人は堤防に腰かけていた。

「もうすぐ、二三日だなあ……」

海を見ながら、周平がいう。

「ああ」

「なんか、できないかなぁ……？」

浩太が、つぶやく。

「なんかって？」

「海に沈んだ人たちに、ってこと？」

悠人と周平が、聞く。

「うん……」

「始業式は二四日、二二日はまだ夏休みかぁ……」

周平が、いう。

「泰東丸が沈んだのが、九時五五分……」

敦也が、つぶやく。

「とりあえず、浜に集まるか？」

悠人が、ざっくりという。

「集まって、どうする？」

「うーん……」

そこから先は、なかなか話が進まない。

しゃー

ざざぁ

しょうがなさそうに、波がうねりをくりかえす。

敦也が、ため息まじりにいった。

「もし七月二六日に日本がポツダム宣言を受けいれていたら、原爆も落とされなかったのになあ。ここを通る三つの船だって、攻撃されなかったのに……」

「何、それ?」

きょとんとして、悠人が聞く。

「特別授業の時、コーチがいってたろ」

周平が、小声でいう。

「え? そんなこといってたっけ?」

「いってた」

「どこの、ダム？」

「ダムじゃない、ポツダムっていう地名だよ。なあ」

周平が、敦也に助けをもとめる。

「うん、ベルリン郊外の町の名前だよ」

敦也が、笑いながら答える。

「アメリカ、イギリス、中国がそこで話しあって、日本はもう戦争はやめるべきだって無条件降伏を迫ってきたんだ。あとから、ソ連も加わったけどね」

敦也は、特別授業のあとコーチにくわしく聞きに行ったらしい。こういうところが、ほかの三人とちがうところだ。

「へえ」

「どっちにしても、日本はもうほとんど壊滅状態だった」

「カイメツ？」

悠人が、聞く。

「全滅、ってことじゃね？」

周平が、答える。

「でも、日本はこの時無視して返事をしなかったんだ。実際には、中立条約を結んでいたソ連の出方をまっていたらしいけど。でもほかの国は当然、日本は戦争をやめる気がないって思うよね。それでアメリカは八月六日と九日に広島、長崎に原爆を落とし、ソ連は満州や樺太の国境をこえて攻めこんできたんだ。ソ連はもう、裏でこっそりアメリカと取引きしてたんだ……」

「ふうん」

四人は、ため息をついた。

敦也が、ぽつんという。

「ぼく……、政治家になろうかな……」

「えっ？」

「おまえ、恐竜の化石見つけて新聞にのるんじゃなかったの？」

「なんだけどさ……」

敦也は、堤防から投げだした足元に目を落とした。

「たくさんの人が、まだこの海に沈んでる。名前も知られず、見捨てられたまま……。国のほんの一にぎりの人間が、きちんと判断しなかったからだ。なのにだれも責任を取らずに、調査依頼さえしないなんて……」

敦也は、堤防をカンと足でけった。

「恐竜の歴史は一億六四〇〇万年、人類は五〇〇万年。知恵持って生まれたくせに何やってんだ人間って、恐竜が笑ってるよ。絶対どこかにあるはずなんだ、戦争をしない方法が」

敦也はもう一度、カンと堤防をけった。

浩太は、空を見あげた。

カモメが数羽、のんびりと飛びかっている。

〈あれも、恐竜か……？〉

かうかう　かうーっ

下を見おろして鳴きかわすカモメは、たしかに何かを笑っているようだ。

〈ああして生きのびて、恐竜はひそかに人類を見はっているのか？〉

「ようしっ、おまえ政治家になれ！」

悠人が、敦也の肩をぽんと叩く。

「おれは、どこにいてもおまえに清き一票を入れてやるっ」

「おれもっ」

周平も、敦也の肩をぱんと叩く。

「いてて、そんなこといったって選挙区がちがったら入れられないけど……」

「選挙区？」

悠人と周平が、そろって首をかしげる。

敦也は、今度は二人に選挙区の説明をしなければならなかった。

「岩永敦也っ、岩永敦也に清き一票っ」

「清き一票っ、よろしくお願いしますっ」

二人は、おかまいなしに選挙運動をはじめた。

「あのね……」

浩太が、いう。

「ん?」

「おれ、毎年春に貝をひろいに来てたしょ?」

「うん」

「それで、おじいさんに会ったんだけどさ」

「ああ」

「貝、ずいぶん集まったんだよね……」

「ふんふん」

「コーチの特別授業の日さ、夜にでっかいまん丸い月が出てさ」

「はあ」

「おれ、庭に出て貝を月にあててたら、貝がぼうっと光ってさ」

「ほう」

「その時、思ったんだ。この貝たち、海に沈んだ人たちの代わりにおれたちに何か伝えに

「へえ」

ちょっと現実ばなれした話なのに、みんなちゃんと聞いてくれる。

浩太は、思いきっていってみた。

「おれ……、貝を海にかえしてやろうと思うんだ」

「えっ？」

「せっかく集めたのに？」

「なんで？」

悠人と周平が、聞く。

「だって……、このまま押し入れに入れておいちゃいけない気がするんだ。それに、海に

かえしたらおれたちの気持ちを伝えてくれるかなって」

「おれたちの、気持ち？」

「何？」

「うーん、例えば『船のこと、知ってるよ』とか。『今まで、知らなくてごめんね』とか

「……」

「いいね！」

じっと聞いていた敦也が、親指を立てた。

「それ、いいよ。二三日ここへ来て、自分たちの気持ちを伝えて貝を海にかえしてやろうよ」

敦也がいうと、

「そうだな」

「そうするか」

「うーんっ、そうしよう！」

話はいっきにまとまった。

「じゃあ、おれ、サッカーがんばっぞって伝えるっ」

悠人が、手をあげていった。

「えっ？ そういうこと？」

周平が、悠人を見る。

敦也が、笑いながらいう。

「ぼくは、国がなぜロシアに抗議しないのかをちゃんと調べるって伝えるよ」

「おうっ、さすが政治家！」

「清き一票、清き一票っ」

悠人と周平の選挙運動が、またはじまった。

「じゃあ、二三日朝九時に丹野さんちの前の浜集合ってことでいい？」

浩太が、確認する。

「おうっ」

三人の威勢のいい声が、波をこえて沖へとひびいた。

海にかえる

「ここ」

浩太が、茂彦おじいさんがひざまずいていたところを指さす。

敦也はしばらく砂浜と海を見くらべてから、ぼそっといった。

「蒸しパン、食べたかった……」

「は？　おまえまだそんなこといってんの？」

「敦也って、そんなに食い意地張ってたっけ？」

悠人と周平が、あきれたように敦也の肩に腕をまわす。

浩太は、持ってきた貝を三人に見せた。

三つの頭が、箱をのぞきこむ。

「うわあ、これアンモナイトそっくりだ！」

大きめの巻貝を見て、敦也がいう。

「きれいだなあ」

周平が、ユニコーンの角を手に取る。

「それ、おじいさんに会った日にひろった貝だよ」

「へえ」

「南国の方の、貝だな」

敦也が、いう。

「もしかしたら、南から来た人の代わりかな」

「えっ？」

浩太は、敦也が自分と同じことを思ったのがうれしかった。

四人は泰東丸が沈んだ鬼鹿の海に少しでも近づこうと、しべ川の河口へ移動をはじめた。

「えっ？」

浩太は、敦也が自分と同じことを思ったのがうれしかった。

しばらく歩いていると、周平がさかんに後ろを気にしはじめた。

「だれか、来るぞ……」

「え、だれ？」

周平の視線を追ってふりかえると、ゆったりと青い暑寒別岳の稜線を背負って二つの

影がこっちに向かって歩いてくる。

かちっとした肩、耳の横でぴょんぴょんはねる髪……。

「ドンコ……?」

四人は、顔を見合わせた。

もう一人は、ぽやぽやのくせ毛が潮風にもみくちゃにされて……。

「礼奈ーっ?」

悠人が、すっとんきょうな声を出す。

「まさか」

「ちがうだろ」

でも、近づいてきた影はやはり香莉と礼奈だった。

二人は、しっかりと腕を組んで歩いてくる。いや、というより香莉がラッセル車みたい
に砂をけちらし礼奈をひきずってくる。さすが、ドサンコ。

「あの二人、何しに来たんだ?」

「さあ？」

「礼奈、ずっと学校に来てなかったろ」

「うん……」

四人は、とりあえず今日はジーンズ姿の香莉にほっとしながらひそひそといいあった。

追いついた香莉は、ぶっきらぼうにいった。

「あんたたちが、歩いていくのが見えたから」

聞くと、香莉は夏休みに何度も礼奈の家に通ったらしい。

礼奈は学校がいやだったわけじゃなく、父さんに反発して来なかったそうだ。

香莉が、礼奈をのぞきこんでいう。

「父さんと、戦ったんだよね。『私が決めたんだから、枝里子先生は悪くない』って」

礼奈は、恥ずかしそうにこくんとうなずいた。

「私のせいで、こんなことになっちゃって……」

消えいりそうな声で、いった。

元からやせてた礼奈は、もっとやせたように見える。

〈そうか、だから礼奈の父さんはあのまま何もいわなかったのか……〉

浩太は、礼奈の父さんがおとなしくなった理由がわかった。

「じゃあとにかく、二三日に一緒に海へ行ってみようよ」

ということになって、礼奈は香莉の家に来ていたそうだ。

「そしたら、あんたたちが歩いていくのが見えたの」

香莉は、顔の横で結んだ髪をぴしぴしいわせて四人を見まわした。

国道沿いの辻井石油からは、海がまる見えだ。

敦也が、すかさず礼奈に声をかける。

「新木さん、よく来たね」

さすが、女子の星。

浩太も、礼奈は礼奈なりにがんばっていたんだと思ったらすんなり声が出た。

「無理、すんな……」

周平と悠人も、いった。

「そうだよ。恐かったら、すぐ帰っていいぞ」

四人は、礼奈と香莉と一緒に歩きだした。

歩きはじめてすぐ、今度は悠人がしきりに堤防を気にしはじめた。

「あれ？」

首をかしげる悠人につられて堤防を見ると、ひどく目立つ色のシャツがこっちを見ている。

「えっ？」

「まさか……」

目をこらしたみんなが、いっせいに叫ぶ。

「大志ーっ？」

思わず身がまえるみんなの目の前で、派手なシャツは堤防をおりてずんずんこっちにやってくる。

「うそ。あいつ、何しにくんの？　また、余計なこといいにくんじゃね？」

そうこうしているうちにぐんぐん近づいてきた大志のシャツは目が覚めるような黄色で、よく見ると全体に無数の恐竜模様がちりばめられている。

〈きょ、恐竜……?〉

のけぞるみんなを尻目に、大志はけろっとしていった。

「父さんたち、今、光泉寺でお参りしてるぞ」

「へ?」

大志がいうには、辻井コーチ、角バン、酒田、枝里子先生が泰東丸が沈んだ時間に合わせて周平の父さんにお経をあげてもらっているという。

〈それ、わざわざいいに来たの? なんのために?〉

みんながめんくらっていると、香莉がいった。

「来年は子どもも一緒にお参りするぞって、父さんがいってた」

浩太、悠人、周平は、顔を見合わせた。

「おれたち、いいよなあ。浜に来た方が、な?」

「うんっ」

周平が、元気よく答える。

「おまえ、いいのか? そんなこといって。寺の子だろ?」

悠人が、小声でいう。

「いんだ、いんだ」

周平は、気楽なものだ。

「ティラノサウルス、スピノサウルス、トリケラトプス、プテラノドン……」

敦也の目は、さっきから大志のシャツに釘づけだ。

浩太は、母さんに借りてきた時計を見た。

すでに、九時三〇分を回ってる。

泰東丸の後ろに潜水艦が浮上したのは九時四〇分、大志にかまっている時間はもうなかった。

みんなは、しべ川の河口へと急いだ。

なぜか、大志もしっかりついてくる。

浩太は歩きながら、香莉と礼奈と大志に貝を海にかえすことを伝えた。

しべ川の丘が、迫ってくる。

春には色のなかった丘が、ドングイの葉を一面にしげらせ緑に光ってうねってる。

河口に到着すると、浩太はみんなに貝を分けた。

浩太、周平、悠人、敦也、香莉、礼奈、大志は、鬼鹿の方を向いて波打ちぎわに一列に並んだ。

小笠原丸は、この時間にはもう増毛別苅沖に沈んでいる。

第二新興丸は、大穴をあけられ傾いたままここを通りすぎた。

七四年前の、今日だ。

死ななくて、いい人たちだった。

たった何時間かの差で、命をうばわれてしまった……。

第二新興丸から赤ちゃんを抱いて出てきた女の人、泰東丸の機関室に閉じこめられ泣きながらドアを叩いて助けを求めた子どもたち。たくさんの浮遊物をかきわけ、ようやく海面に顔を出した子どもとお母さん……。

あの人たちは、ここを通るまで生きていたんだ。

しゃーん

しゃーん

沖から、潮騒がよせてくる。

九時五五分。

七人は、鬼鹿の海に向かっていっせいに貝を投げた。

「おれたち、知ったぞーっ」

周平の、父さんゆずりのよく通る声がする。

「絶対っ、忘れなーいっ」

波にぶつかる、ドンコの声。

「来年も、来るぞーっ」

「再来年も、来るぞーっ」

みんなが、口々に叫ぶ。

「恐がって、ごめんなさーいっ」

みんなの声にまじって、礼奈の細い声がする。

大志が体をゆすって、大声で叫ぶ。

「まっててくれーっ」

いつも皮肉ばかりいってみんなをしらけさせるけど、大志も何かしたくて今日海へ来たんだと浩太はわかった。

陽の光をはねかえしきらきらと美しい弧を描きながら、貝は海にかえっていった。

鬼鹿沖の水平線に、天売、焼尻の兄弟島が並ぶ。

その右に、利尻富士がすっきりとそびえ立つ。

　　かう　かう　かうーっ

カモメが一羽、七人をのぞきこむようにかすめていった。カモメを追ってしべ川に目をやった浩太は、はっとした。向こうを向いているはずのおびまる広場のカモノハシリュウが、ぎろっとこっちを見た気がしたのだ。

〈ん？〉

見まちがいかと思ってもう一度見ていると、今度はとつぜんしべ川の河口から磯舟に乗った茂彦おじいさんがあらわれた。

「えーっ」

思わず声をあげる浩太に、みんながいっせいにこっちを見た。

「どした？」

「何？」

浩太は、あわてて取りつくろう。

「い、いや。なんでも、ない……」

説明しても、みんなの目にはおじいさんの姿は見えない。

「なんだ……」

けげんな顔で視線をもどすみんなの間から、おじいさんを見る。

おじいさんは、はちまきをして舵をにぎりまっすぐ沖を見つめてる。

陽に照らされた頬がぴかぴか光って、なんだかずいぶん若く見える。

浩太がぼうぜんと見送っていると、おじいさんがいきなりふりむいた。

〈え……〉

日焼けした顔からにっと白い歯をのぞかせ「よっ」と手をあげたおじいさんは、おどろいたことに浩太と同じくらいの子どもだったのだ。

〈そんなこと……〉

あっけにとられる浩太を残し、くるりと前を向いたおじいさんはまっしぐらに朝の海を駆けていく。

かう　かう　かうーっ

カモメがふわりと風に乗り、おじいさんのあとを追った。
なぜ浩太だけにおじいさんが見えるのか、それはわからない。でも、浩太は思った。
〈おじいさんは今、子どもだったあの時にもどって海に沈んだ人たちを助けに行くんだ。
そして、あの舟にみんなを乗せて天にかえっていくんだな……〉

カモメとおじいさんはしだいに小さくなり、やがて海の上ではねる光に包みこまれるようにして見えなくなった。

浩太は、海に残された光に向かってつぶやいた。

〈わかったよ、おじいさん。おれ、大人になってもちゃんと伝えていくよ〉

北緯四四度。

ゆったり青い稜線を見せて、暑寒別岳が増毛の海につきだしている。

沖を見つめる浩太の背中を、しべ川から吹く風がやさしくなでて通りすぎていった。

あとがき

故郷の海に刻まれた、悲しい事実がある。

前作『オリオンの上』（文研出版）は、故郷の海が舞台だった。故郷の海を書くなら、避けて通れないこの事実にほんの少しでも触れたかった。でもそれは、数行書いてすませられるものではなかった。

それなら正面から向き合おうと、「本作り空Sola」のWEBサイトで連載をはじめた。この作品は、一七回におよぶ連載を一冊にまとめたものだ。

三船殉難事件。

一九四五年八月一五日、日本が敗戦を国内外に宣言した。その七日後の八月二二日、樺太から引き揚げてきた人たちを乗せた非武装の船が北海道西北の海で攻撃を受け沈没、大破した。攻撃した潜水艦は長い間国籍不明とされていたが、一九九二年に明らかになった資料で旧ソ連の潜水艦とわかった。

多くの犠牲者を出したこの事件、いまだたくさんの人が海の底に沈んでいる。留萌市、増毛

180

小平しべ川から暑寒別岳をのぞむ

三船遭難慰霊之碑

町、小平町で毎年行われていた慰霊祭もご遺族の高齢化など時代の波に押され一つ消え二つ消え、そのうち各地に立つ慰霊碑が潮風にさらされて海をにらむばかりということになるだろう。

戦争は、一度起こってしまえばその傷口は塞がることなく膿み続ける。

樺太では八月二二日に結ばれた日ソ停戦協定（知取協定）によって戦闘停止を見たが、満州ではなお戦闘が続き、千島列島は八月一八日の占守島上陸から九月五日択捉、国後、色丹、歯舞群島の四島占領までソ連は侵攻をやめなかった。

日ソ停戦協定を受けて、宗谷海峡は一時封鎖され日本への引き揚げは中断された。翌年から再開されたが、労働力として樺太に送りこまれていた朝鮮の人びとは国籍を理由に引き揚げを許されなかった。ソ連兵から身を守るため、朝鮮人に嫁いだ日本人女性もまた留め置かれた。

作品執筆中の二〇二二年二月二

四日、ロシアはウクライナへの侵攻をはじめた。二〇二三年一〇月七日には、中東でもふたたび

紛争に火がついた。目の前で母親を殺され恐怖と怒りに体を震わせ泣き叫ぶ幼い子どもの姿や、

夫や子ども、愛する肉親を失って嘆き悲しむ人の姿が、連日ニュースで映しだされる。暴行、略

奪、ジェノサイド、人権意識の低い過去の話と思っていた。科学も文明も進んだ現代に、戦争な

ど起こるわけがない。ところがそれは起こり、現実に悲惨な光景がくり広げられている。

科学や文明が進んでも、人の心は進まない。

戦場に駆り出された多くの兵士も、一般市民なのだ。

くりかえした戦争で何百万もの命が失われなかったら、日本はもっと別な国になっていたかも

しれない。人に与えられた知恵をしぼり、絡みあった情勢の糸を解いて子どもの未来を開いてい

くのはいつだろう。

取材を重ねていく上で、断片的な目撃情報はあってもそれを裏づける証拠となる資料が残さ

れていないことにおどろいた。個人の記憶は消し去られ、歴史の中に埋もれていく。書き残すこ

との大切さを、学んだ。

ここにすべてを記すことはできないが、事件の生存者を全国に訪ね歩いた元札幌テレビ放送記

者の中尾則幸さん、貴重な目撃証言をくれた杉本京子さん、紹介者の佐野洋子さん、北海道留

あとがき

萌高等学校元新聞局顧問菅野昭浩さん、コロナ禍の連載中、地元小平町の写真を撮り続けてくれた北川浩一さんはじめ、たくさんの方々にお世話になった。

有島希音

〈おもな参考資料〉

『海の中からの叫び　樺太引き揚げ三船遭難の記録』鈴木トミヱ　北海道出版企画センター

『海わたる聲』中尾則幸　柏艪舎

『千島占領　一九四五年夏』ボリス・スラヴィンスキー　加藤幸廣訳　共同通信社

『慟哭の海　樺太引き揚げ三船遭難の記録』北海道新聞社編　北海道新聞社

「本土への道」『萌陵』第二十八号　北海道留萌高等学校生徒会

「留萌沖三船遭難　終戦秘話」福士廣志　留萌市教育委員会

有島希音（ありしま　きおん）

北海道増毛町生まれ。札幌市在住。小笠原洽嘉氏に師事。児童文学同人誌
「まゆ」代表。単行本に『それでも人のつもりかな』（岩崎書店）、『オリオンの
上』（文研出版）がある。日本児童文学者協会会員。

ゆの

フリーで活動するイラストレーター。色彩豊かなイラストを特徴とし、さまざ
まなアーティストのジャケットやMV、アニメコラボグッズ、イベントビジュ
アル等を幅広く手がけるほか、作品展も精力的に開催。
Instagram　https://instagram.com/_emakaw

装丁：佐藤レイ子　協力：中山義幸（Studio GICO）
企画・編集・制作：株式会社本作り空Sola　https://solabook.com

北緯44度 浩太の夏　ぼくらは戦争を知らなかった

2024年5月31日　第1刷発行

作者　有島希音
画家　ゆの
発行者　小松崎敬子
発行所　株式会社 岩崎書店
　　　　〒112-0005　東京都文京区水道1-9-2
　　　　電話　03-3812-9131（営業）/ 03-3813-5526（編集）
　　　　振替　00170-5-96822

印刷　三美印刷株式会社
製本　株式会社若林製本工場

ISBN978-4-265-84047-2　NDC913　19.5×13.5cm